PRUDENCE

Alain Charbonneau

PRUDENCE

Récit

écrituriales
Association des Auteurs Éditeurs Réunis

ISBN 978-2-37674-025-4

Dépôt légal : Avril 2019

contact auteur : j-a.charbonneau@live.fr
écrituriales   Association des Auteurs Éditeurs Réunis
http://www.ecrituriales.com

À mes parents, Marie-Renée et Jean-Baptiste

pour les valeurs morales qu'ils m'ont transmises.

À Daphné, Claire, Maxime, Régine alias Jeanne,

À Gérard, le papy de Pierre.

Les forêts précèdent les peuples,
les déserts les suivent.

François-René de Chateaubriand

S'il fallait un jour que les forêts disparaissent, l'homme
n'aurait plus que son arbre généalogique pour pleurer.

Albert Einstein

Soucieuses de la réussite scolaire de leur progéniture, ce sont généralement les mamans qui prennent rendez-vous. Prudence avait elle-même téléphoné :

– Je recherche un stage agricole, c'est mon papy Joseph Sorin qui m'a conseillé de vous appeler.

– Joseph Sorin, quel Joseph Sorin ?

– Joseph Sorin de la ferme des « Hurlevent ».

– Ton papy, il y a bien trente-cinq ans que je ne lui ai pas parlé. Passe samedi vers midi et nous en discuterons !

Nous étions en juin, la rentrée prochaine était début septembre.

Juchée sur une Yamaha cross 50 cc couverte de boue et un peu cabossée, Prudence déboula le samedi suivant. Un jean moulant, un tee-shirt près du corps, une queue de cheval maintenue par un élastique, elle me tendit une poignée de main ferme, mais néanmoins chaleureuse.

– Tu fais du moto-cross ?

– Non, c'est celle de mon frangin. Maintenant qu'il a son permis, je lui emprunte !

– Alors, si j'ai bien compris, tu es une petite fille de Joseph ?

– Exact ! Maman, c'est l'aînée de ses deux filles. Elle travaille comme secrétaire et papa est soudeur chez Métayer, un fabricant de bétonnières !

Je l'invitai à entrer à l'intérieur de la maison et à s'asseoir à la table de la cuisine. Tout en marchant, je réfléchissais à cet homme. Aujourd'hui, cela me faisait bizarre d'accueillir sa petite fille. Dans les années 80, c'est-à-dire il y a une trentaine d'années, Joseph associé à son beau-frère représentait ce qui se faisait de mieux dans l'agriculture moderne issue des trente glorieuses. Les visites y étaient fréquentes. Leur ferme était souvent citée en exemple de productivité par les techniciens agricoles du canton. En vérité, je ne comprenais pas trop pourquoi il envoyait sa petite fille solliciter un stage chez nous, la plus petite ferme de la commune et probablement l'une des plus petites du canton.

– Alors qu'est-ce qui t'amène ?

– Je recherche un stage en alternance réparti sur deux ans, pour mon Bac agricole. Papy Joseph a pensé à vous, puisque vous accueillez souvent des jeunes.

– Souvent ? Peut-être, mais un seul à la fois. Nous ne sommes pas une boîte à stagiaire !

– Il m'a beaucoup parlé de vous, vous qui ne veniez pas du monde agricole.

– Exact, avec des parents non agriculteurs, cela nous fera au moins un point commun !

Ma femme Jeanne, qui rentrait de faire les courses, s'invita dans la discussion.

– Deux ans, c'est court et long à la fois. Tu devrais venir passer une journée ou deux ici. Comme ça, tu sauras tout de suite si la ferme te plait, l'ambiance de travail, les animaux. Viens quand tu veux !

– OK, ça me va ! Vous commencez la traite à quelle heure ?

– 7 heures. Viens plus tard, ce n'est pas grave si tu arrives après le début !

Dans le calme matinal du jour qui se lève, le lundi suivant, j'entendis au loin le vrombissement d'une moto. Plus elle se rapprochait, plus la musique du pot d'échappement devenait distincte, visiblement le moteur crachotait. Quelques instants plus tard, la 50 ccs stoppa dans la cour de la ferme. Prudence descendit de son engin. Il était 7 heures moins le quart. Elle entra dans la salle de traite et nous tendit une poignée de main ferme. Le soir, lorsqu'elle s'éloigna, le pot d'échappement de la 50 ccs jouait une mélodie joyeuse et entrainante. J'en conclus que sa première journée lui avait été agréable. Les deux jours de présentation se transformèrent en 15 jours de présence assidue. Lorsque je lui suggérai de prendre quelques jours de repos, du tac au tac elle me répondit :

– Put…, vous ne pouvez pas savoir comme je m'emm… entre quatre murs, j'étouffe ! J'ai besoin d'espace !

Durant ces vacances scolaires à la ferme, elle évoqua ses projets futurs. Elle voulait être fermière et fromagère en transformant une partie de sa production. Sans vouloir la vexer, et lui ôter ses rêves d'ados, je lui fis remarquer qu'elle avait en tête un beau projet de vie, mais hélas que la route serait longue. Sans le moindre sou, n'étant pas du milieu agricole, je savais que la partie n'était pas gagnée d'avance, les chasseurs de primes PAC (Politique Agricole Commune), toujours avides de plus d'hectares et d'argent, ne lui laisseraient pas de place, j'en savais quelque chose. Le joli minois où brillaient deux petits yeux bleus-gris dont la pigmentation me rappelle le grain d'un acier suédois se crispa :

– Vous l'avez bien fait, vous ! Papy Joseph me l'a souvent répété !

Aujourd'hui, j'étais tellement honoré que ce papy pense à nous dans la formation de sa petite fille, que je ressentais là, une vraie fierté ! En trente ans de carrière, avec le père François Patarin, c'était bien l'une des rares personnes qui reconnaissait publiquement nos efforts, notre travail.

Nos trois enfants ont choisi de faire leurs vies sous d'autres cieux. Nous approchons à grands pas de la retraite. Les fermes s'agrandissent à tout va. La campagne se vide de ses habitants, les installations de jeunes agriculteurs se font de plus en plus rares. Pourtant, nous souhaitons transmettre notre entreprise à un jeune couple. Il nous faut réfléchir à chaque opportunité, car je sais par expérience, qu'elles seront rares, il ne nous faut en manquer aucune. Naturellement autoritaire sans jamais élever la voix, ponctuelle, travailleuse, effrontée, débrouillarde avec suffisamment d'orgueil dans la réalisation d'un travail demandé, quitte à recommencer plusieurs fois de suite, sans jamais se lasser jusqu'à la perfection, j'avais décelé en elle un potentiel hors norme. Avec un physique aux courbes féminines déjà désirables qui attirent les regards, donc forcément les prétendants, et surtout une tête bien faite, je ressentais chez elle une fille saine d'esprit, droite dans ses bottes, pas tordue pour deux sous. Prudence pouvait être l'opportunité tant attendue, elle en avait toutes ces qualités, en trois mots : elle m'avait bluffé ! J'avais devant les yeux un bouton de rose prêt à éclore, une pépite à l'état brut. À nous de la faire briller !

Contrairement à l'image que l'on se fait du salarié agricole, une barbe d'une semaine, puant la sueur avec des vêtements d'un autre âge, Armand Bizon était toujours tiré à quatre épingles. Ce souci de la propreté, il le poussait jusque dans l'habitacle de sa voiture et la cabine du tracteur où il interdisait au passager de fumer et de monter avec les chaussures sales. Au poste de conduite, après avoir quitté ses chaussures de travail, lui-même portait souvent des pantoufles « charentaises » ! Ce matin, au réveil, il ressentit des douleurs cervicales. Hier, il ne se souvenait pas d'avoir porté des charges lourdes ou quelque chose qui puissent occasionner ce genre de problème. Dans sa pharmacie personnelle, il prit un simple anti-inflammatoire de base. Nous étions début septembre. Après un mois d'août particulièrement chaud, sans pluie, le travail des champs avait pris du retard. Les outils à disque ne rentraient pas dans un sol trop sec. De plus, l'usure des pièces serait trop importante. Les quelques millimètres de pluie tombés hier étaient les bienvenus. Il fallait rapidement travailler le sol avant que ce peu d'humidité ne s'évapore. Ce matin, il avait prévu de commencer le déchaumage derrière les moissons et ne pouvait se permettre de perdre une demi-journée à attendre chez le Docteur Morin. Depuis le temps qu'il travaillait la terre, des douleurs cervicales, il en avait vu d'autres. Il verrait ça plus tard, lorsque la charge de travail lui laisserait un peu de temps libre.

Après un BEPA raté de deux petits points, ce qui lui valut de se faire houspiller par sa mère, Armand était devenu salarié agricole à la ferme des cinquante arpents. En ce temps-là, au début des années 80, le père François Patarin venait juste de prendre sa retraite. Son fils Edmond prenait les rênes de l'exploitation, Armand qui remplaçait le père François devenait son second.

Rapidement, Edmond remarqua les grosses qualités d'Armand dans la conduite du matériel agricole. L'intelligence humaine se décline de plusieurs façons : d'un côté les forts en math, capables de résoudre rapidement les calculs les plus savants, les pros du Français sans faute, de l'autre les manuels dont l'intelligence se trouve au bout des doigts. Armand était de cette catégorie-là. La dextérité et la sensibilité de ses mains lui permettaient de réaliser beaucoup de travail de conduite d'engin agricole sans jamais rien casser. Ce qui est particulièrement intéressant au vu du coût de plus en plus élevé des pièces de rechange. De plus, il avait l'ouïe particulièrement fine et aiguisée. Il entendait tout en travaillant chaque bruit suspect : un roulement défaillant sur la herse rotative, il le remarquait avant que cette panne légère n'aggrave la situation avec l'usure du corps de l'outil.

Pendant son adolescence, Armand jouait au foot dans l'équipe locale des rouges et blancs. Puis vers la vingtaine venue, il devint supporter. Après le match du dimanche après-midi, avec ses copains, ils se retrouvaient au café des sports. Marie les servait. Le lundi étant le jour de repos de celle-ci, le dimanche soir, Armand l'accompagnait souvent dans son petit deux-pièces, rue des tonneliers. Leurs amours étaient purement charnelles, besoin naturel bien compréhensible, si l'on veut être bien dans sa tête. Il aimait chez elle la douceur de sa peau, la chaleur de son corps, les baisers enflammés, les caresses plus intimes. Chacun y trouvait son compte. Marie avait un amant fidèle puisqu'avec la charge de travail, il ne risquait pas d'aller voir ailleurs. Hormis les grosses journées de bourre, Armand était disposé à satisfaire son amoureuse à tout moment, il suffisait qu'elle le prévienne avant. Après quelques années de passion, le tic-tac de l'horloge biologique se faisait plus insistant. Les plans culs ne lui suffisaient plus, elle avait besoin de tendresse sincère. Elle rêvait d'un pavillon à la sortie du bourg, de maternité, de bébés, la vraie vie quoi ! Les rides se creusèrent un peu. Des cheveux blancs apparurent dans sa chevelure. Elle le questionnait sur leur avenir commun, il ne répondait pas ou de manière évasive. Après avoir tiré son coup, Armand s'endormait et ronflait en imitant le démarrage d'un vieux moteur diésel ! Il ne valait guère mieux que certains clients, qui, parce qu'elle prenait de l'âge, lui balançaient au visage leur vulgarité. Elle devait supporter les regards insistants sur son corps, elle qui avait toujours pris soin d'être coquette en portant des petits hauts qui mettaient en valeur ses seins, n'avait-elle pas le droit d'être belle, désirable ? Les histoires salaces ou pire, les mains aux fesses. Elle ne voulait pas finir en vieille fille aigrie, elle méritait mieux ! Elle pleura toutes les larmes de son corps. Au printemps suivant, elle sympathisa avec un menuisier qui venait chaque midi déjeuner au café. Ils se marièrent. Il lui fit deux bébés et elle quitta la commune.

Alors, Armand connut plusieurs autres aventures sans lendemain. Les mauvaises langues un peu jalouses prétendent qu'il fréquente les prostitués. Les années passèrent, puis une décennie, puis deux. Entre deux cuites, maintenant, trop souvent il boit plus que de raison, il reporte toute son affection sur sa petite chienne « Miquette », une bâtarde aux grands yeux tristes, aux poils frisés qui l'accompagne partout, même sur les engins les plus sophistiqués, ainsi que sur sa maman vieillissante qui lui lave encore son linge et lui assure le gîte et le couvert. Désormais, elle lui prend tout son temps libre.

Deux jours plus tard, les anti-inflammatoires n'avaient pas suffi à calmer les douleurs cervicales. Armand prit donc rendez-vous chez le docteur Morin qui lui prescrit de nouveaux anti-inflammatoires plus puissants, ainsi qu'une radio cervicale qui s'avéra anormale. Une IRM fut programmée dans la foulée. Mais en soulevant une lourde pièce de charrue, sont apparus des troubles moteurs aux membres supérieurs. Une IRM en urgence montra une fracture pathologique de la vertèbre cervicale C5. Celle-ci fut opérée, toujours en urgence, afin de la stabiliser et surtout qu'elle ne comprime pas la moelle épinière. L'analyse de la vertèbre, après intervention, révéla qu'il s'agissait d'un lymphome de type B d'origine gastrique. Suite à ce diagnostic, un bilan d'extension fut réalisé, avec un scanner cervical, thoracique, abdominal et pelvien, ainsi qu'un TEP scan (tomoscintigraphie par émission de positons) afin de localiser les tumeurs cancéreuses et les éventuelles métastases isolées. Le bilan montra une infiltration au niveau de l'estomac, des lésions vertébrales au niveau de plusieurs vertèbres dorsales et lombaires. Une fibroscopie gastrique précisa l'envahissement de l'estomac. Un protocole de radiothérapie sur les vertèbres atteintes fut mis en place, afin de limiter les douleurs et les risques de fractures, suivi d'un protocole de chimiothérapie : 8 cures de 2 jours chacune, espacées de 14 jours. Malheureusement, le TEP scan de contrôle de fin de séance montra une extension des lésions au niveau des ganglions.

Pour la grande majorité de nos jeunes, ce stage à la ferme est le premier pas dans le monde du travail. De l'idée que j'ai de la vie, je sais que cette première expérience va conditionner leur futur. Quel que soit le niveau de pratique, pour moi, dès que le jeune pose un pied dans la ferme, la course est lancée : j'ai deux ans afin de le rendre autonome dans son travail de tous les jours, avec à l'arrivée en fin de cursus scolaire, un diplôme en poche ! En tant qu'entraineur de jeunes pousses du monde rural, je dois continuellement les pousser hors de leur zone de confort, tout en gardant suffisamment de réserve sous le pied, pour ne pas les démoraliser. Autre difficulté qui m'attend : si ces jeunes ont choisi un système de formation par alternance avec 50 % de temps en pratique sur le terrain, c'est que le système scolaire à plein ne leur convient pas et leur pose problème. Je dois constamment surveiller que les devoirs sont réalisés dans les temps. Tous les deux, nous devons former une équipe la plus soudée possible, probable clé de la réussite.

Après une semaine d'école à la Maison Familiale Rurale du chef-lieu de canton, Prudence revint à la maison. À une exception près, tous les jeunes que nous avons pris en stage sont étrangers au monde agricole, ils n'en connaissent donc pas les bases. La formation commence toujours par le test de la conduite d'un tracteur. Avant de lâcher un jeune au volant d'un engin puissant, je dois m'assurer de ses compétences. Prudence piaffait d'impatience d'apprendre ; un tracteur grandeur nature, c'est quand même autre chose que la tondeuse autoportée de papy Joseph ! Pour la sécurité du chauffeur, je choisis une parcelle plate, sans obstacle majeur : risque de casse matériel, emballement du tracteur. Dans un premier temps, je conduis l'engin en expliquant les principales manettes. Par la même occasion, je lui donne quelques trucs maison, afin qu'il choisisse le meilleur endroit de départ dans le champ et la plus belle trajectoire de travail selon la configuration de la parcelle. Puis le jeune prend le volant et je m'assois sur le siège passager.

L'habitacle d'un tracteur offre l'avantage que nous pouvons commencer à réfléchir aux devoirs de la semaine. Il y a tellement longtemps que je forme des jeunes, que je connais le programme d'enseignement par cœur. La présentation de l'entreprise est toujours le premier sujet abordé. Complétant les bribes que son papy Joseph a pu lui dire, je racontai notre histoire.

Nous sommes arrivés à la ferme des quatre saisons au milieu des années 80. Originaire de ce département, Jeanne avait un emploi à l'extérieur dans l'industrie. Moi, je suis né à 5 km d'ici à vol d'oiseau, dans une autre vallée et dans un autre département autant dire tout de suite, un autre monde. Je ne suis pas un gars du cru ! Mes parents exploitaient une ferme au sol rocailleux, puis ils ont immigré en ville à 4 km d'ici. Je suis un sang mêlé, trop paysan pour les gens de la ville, pas assez pour ceux de la campagne. J'ai longtemps ressenti être un étranger dans mon propre pays !

La taille des quatre saisons était dans la moyenne de l'époque, une trentaine d'hectares de sol hétérogène ; des bancs de granit bloquent l'écoulement naturel de l'eau. Les deux premières années furent consacrées à l'installation proprement dite : comprendre le potentiel de chaque parcelle, mise en place de nouvelles clôtures, aménagement des bâtiments afin de se lancer dans la production laitière. Les voisins m'avaient prévenu, la source qui alimentait la ferme, réputée intarissable était cachée derrière dans un hallier de pruneliers sauvages. J'avais beau la chercher, je ne la trouvais pas. Le sol, un mélange de sable et de limon devenait spongieux après les pluies d'automne jusqu'à la mi-mai, ce qui rendait difficiles les recherches. Impossible d'approcher avec du matériel, sans rester embourbé. Les bottes s'enfonçaient de trente centimètres, et restaient sur place. L'eau coulait au bout du robinet, c'était le principal ! Deux ans plus tard, après avoir défriché le hallier, j'ai pu découvrir une minuscule fontaine au ras du sol, dont la largeur ne dépassait pas un mètre. Elle était tellement exigüe, qu'un homme ne tenait pas debout. Sa réserve était estimée à 600 litres d'eau alors que les besoins de l'exploitation se chiffraient à 15 fois ce volume. Quelques rigoles autour de la zone marécageuse drainèrent l'excès d'eau. Avec les quotas laitiers, la production augmentait peu. Les enfants sont arrivés, Jeanne est restée m'aider sur la ferme. Au milieu des années 90, j'ai vite remarqué que l'été, le débit de notre source baissait régulièrement d'année en année. Le niveau de l'eau était toujours de plus en plus bas. L'été 1997 fut particulièrement sec et bientôt, notre source bienfaitrice donna quelques signes de fatigue. Au fond de la fontaine, il ne restait que trente malheureux centimètres de ce précieux liquide. Nous devions le gérer au plus près, puisque nous n'avions pas d'autres points de secours. Tous les puits du voisinage subissaient le même sort. Sur le même courant d'eau souterrain, quelqu'un avait probablement creusé plus profond ou pire, dans d'importants travaux de terrassement, une entreprise avait perforé ce même courant et celui-ci s'écoulait dans un fossé en pure perte. Quel gaspillage ! L'eau nous est indispensable ! Nous devions réagir vite et à quelques mètres de notre source, le sourcier communal y avait découvert deux autres courants. Je décidai alors que creuser un nouveau puits beaucoup plus profond, plus large. Alors que la pluie se faisait toujours attendre, au début de l'automne, après l'avoir vidé plusieurs fois, le niveau d'eau montait à un mètre du ras du sol. L'hiver, je dus canaliser ses ardeurs, car il débordait généreusement dans la prairie. Quelques années plus tard, la mairie finança des travaux d'aménagements de l'eau du réseau, plus communément appelé eau de la ville. Désormais, nous étions sûrs de ne jamais en manquer.

C'est probablement ce petit fait divers, sans grande importance, qui influença ma façon de penser future. Au fil des ans, nous n'allions pas passer notre temps à creuser de plus en plus profond des puits après que le voisin eut asséché le nôtre. À cette époque, je pensais naïvement que c'était le voisin qui asséchait le puits et non le climat. Ça n'avait pas de sens ! Nous avions peut-être atteint une limite à ne pas dépasser. Désormais, il était indispensable de protéger les trois éléments ; la terre nourricière, l'eau, l'air, indispensable à toute vie terrestre. Il est nécessaire de limiter notre impact sur l'environnement. Je voyais aussi que quelque chose ne tournait pas rond dans le climat, mais je ne savais pas quoi ! Les étés me paraissaient plus longs que ceux de mon enfance, les automnes moins pluvieux, les hivers moins froids et longs. Alors, j'ai commencé à noter les faits les plus marquants, afin d'avoir une base qui me permettrait de comparer mes données au fil du temps.

À cette même période, j'ai vite compris que les prix des produits agricoles n'augmenteraient jamais. Chaque petite hausse devait être âprement négociée. À la moindre surproduction, les prix dévissaient et il fallait attendre de longs mois, voire des années avant que les prix retrouvent le niveau d'avant. Pendant ce temps, les intrants, matériel, produits phytosanitaires, main d'œuvre extérieure augmentaient chaque année, par petites touches certes, mais continuellement. Malgré le discours encourageant des techniciens de tous bords, qui incitaient à toujours produire plus : il faut bien faire tourner les usines, en titillant la fibre de l'amour-propre : ton voisin trait 60 vaches et gagne bien sa vie, sous-entendu : toi avec tes 45, tu n'es pas plus couillon que lui, monte à 65 ! Pour nous, il était surtout nécessaire de limiter au maximum les dépenses extérieures, puisque l'augmentation de production n'arrivait jamais à compenser cette hausse des charges. Nous avons appris à devenir économes, voire radins. La stratégie de l'entreprise fut remise en question. La production à tout va n'avait aucun sens, c'était une course sans fin, nous n'en verrions jamais le bout. C'était une course perdue d'avance. Au lieu de produire le maximum, nous options pour produire à l'optimum. L'assolement fut revu de fond en comble et selon le potentiel des parcelles, il fut décidé de garder les meilleures terres, avec une bonne réserve hydrique en culture d'été, les parcelles plus légères en terre limoneuse seraient exploitées en culture hivernale afin d'assurer un rendement minimum. Des prairies temporaires furent implantées sur les parcelles plus hétérogènes, moins productives.

Le travail de la parcelle se terminait. Prudence continuait sagement l'apprentissage de la conduite, j'étais toujours assis sur le siège passager. Désormais, elle en savait beaucoup plus sur notre histoire et sur la stratégie d'entreprise que nous continuions toujours à peaufiner. Aujourd'hui, nous avons dépassé l'an 2000 depuis plus de 10 ans. La ferme qu'elle découvre aujourd'hui est le résultat de ce passé et de cette vision du monde.

La ferme des « cinquante arpents » est bien organisée. Chacun a son rôle bien défini. Edmond Patarin, le chef d'entreprise gère l'exploitation. Il surveille et nourrit les 400 bovins viande et aide parfois les vaches à mettre bas. C'est lui qui choisit les variétés de blé, de triticale ; un hybride entre le blé et le seigle, d'orge, de maïs à semer. Il écoute le technicien de la coopérative dans le choix des molécules des traitements phytosanitaires à réaliser. Sa femme Cécile, de 5 ans sa cadette, surveille le bâtiment de poulet label. Elle en a l'entière responsabilité. Elle reçoit le technicien de l'entreprise privée avec lequel elle est en contrat et gère avec lui la croissance des volatiles, poulet ou pintade. De plus, elle tient la comptabilité, à savoir qu'elle enregistre toutes les factures et règle par la même occasion les fournisseurs.

Le père François devint veuf au début de sa retraite. Alors, il acheta une petite maison dans le bourg voisin. Européen dans l'âme, c'est un catholique pratiquant qui a toujours voté à droite, sans exception. Toujours bon pied bon œil, chaque jour, sauf le dimanche où il va à la messe, il surveille la ferme dans son ensemble, et celle des voisins, donne son avis sur la conduite de l'entreprise, mais personne ne l'écoute. Il est fier de la réussite de son fils.

Martin, le fils aine du couple vit avec Nadège sa compagne. Ils ont un fils ensemble. Après une formation agricole réussie, il bifurqua vers une licence commerciale. Depuis, il vend des aliments du bétail, mais reste en embuscade, car il a prévu de s'installer au départ en retraite de son père dans 2 ans.

Les deux filles ; Caroline et Élodie font leur vie hors de la ferme.

Gislain, le benjamin de la fratrie, de 8 ans le cadet de Martin, poursuit lui aussi une formation agricole. Il compte s'installer avec son frère lorsque Cécile arrivera à la retraite. Un tracteur plus puissant, avec des outils de grande largeur, permettrait de gagner en temps de travail et remplacera le salarié Armand lorsque celui-ci arrivera à la retraite. Tout est déjà bien calé, logique transmission d'un patrimoine des parents vers leurs enfants. C'est presque taillé dans le marbre.

Quant à Edmond, il réalise tous les travaux concernant les cultures. Cela va du labour, hersage, semis, traitement phytosanitaire ainsi que la fauche, le fanage du foin des prairies. Lorsqu'il y a trop de travail, Edmond lui donne un coup de main. L'hiver, il assure l'entretien du matériel.

Ce n'est pas l'argent proprement dit qui motive Armand dans son travail. Son salaire, quoique modeste, il s'en contente. C'est plutôt la conduite de beau matériel récent qui l'enthousiasme. À son arrivée sur la ferme, Edmond l'a vite compris, s'il voulait garder ce salarié hors pair, il devait y mettre le prix. La ferme était bien conduite et à chaque voisin qui partait en retraite, la ferme des cinquante arpents s'agrandissait au fur et à mesure des terres libérées. Dans les années 80, le tracteur de tête avait une puissance de 90 CH avec une herse de 3 mètres, puis l'on passa à 120 CH avec une herse de 3 mètres auquel on avait ajouté un semoir. Aujourd'hui dans les années 2010, c'est un 250 CH avec sa herse de 4 mètres et toute sa panoplie d'outils qui effectue la majorité des travaux. Le confort du tracteur ; suspension du pont avant dernier cri et du poste de conduite confortent Edmond dans ses choix. Armand ne compte pas ses heures. Il aime tellement conduire que ce gros tracteur fait office de joujou grandeur nature. Le confort est tel, qu'il n'est jamais fatigué.

Après quinze autres jours d'école, Prudence revint faire son stage pratique. Chaque année, les élèves doivent étudier un cas concret mis en place sur l'exploitation, avant de le présenter devant un jury en fin d'année scolaire. À tous mes stagiaires, je souhaite transmettre une partie de mes connaissances, le fruit de mes expériences ; chaque année, je fais l'essai d'une nouvelle culture et réfléchis à des projets d'avenir. Le monde de demain, ils en seront acteurs voire décideurs pour les plus motivés. La mode actuelle est à la permaculture, une méthode de culture s'inspirant de l'écologie naturelle et de la tradition. Elle est principalement mise en place dans les jardins. Au niveau de l'exploitation, cela me semblait plus difficile. Depuis longtemps, nous avons choisi le système de culture permanente, c'est-à-dire que les sols sont toujours recouverts de végétation qui absorbe les éléments minéraux et en limite le lessivage. Ensemble, nous avons choisi la mise en place d'une nouvelle production fourragère, un mélange de plusieurs graminées et diverses variétés de trèfle. Je lui proposai aussi de parcourir la grande bibliothèque moderne, en l'occurrence, Internet. Par la même occasion, elle pourrait jeter un œil sur une autre méthode, à savoir l'agroforesterie ; une méthode encore confidentielle, qui associe les arbres et les cultures traditionnelles. J'avais prévu quelques visites.

C'est aussi durant cette période que Prudence se lança dans la fabrication artisanale de fromage. Chaque semaine de stage, elle rapporte chez elle les 4, voire les 8 ou 12, litres de lait cru nécessaires à ses essais de fabrication et qu'elle prend directement dans le tank à lait. Un réfrigérateur bidouillé par un ami électricien lui permet d'obtenir les 12-14° nécessaire à la maturation, un thermomètre, un grand faitout et divers petits matériels, voilà l'essentiel de son matériel de laboratoire quasi clandestin. Parfois, elle fait vieillir ses fromages dans la cave de son grand-père.

C'est aussi la première fois qu'elle assure seule la traite du soir. Ensemble, nous avions tout préparé dans les moindres détails. Vers 19 heures, j'ai reçu un SMS avec plein de petites frimousses souriantes : tout est OK, bon ciné ! J'étais heureux et tellement fier d'elle et visiblement, Prudence aussi ! Ensemble nous avions franchi un premier palier ; le début de son autonomie dans le travail. Je lui répondis par une frimousse en clin d'œil et une autre avec le pouce levé ! Dans la file d'attente, mon esprit s'égarait, j'entendais la musique joyeuse d'un pot d'échappement !

En cette fin mars, l'hiver traînait un peu, une légère gelée matinale freinait la pousse de l'herbe. Après l'échec du premier protocole de chimiothérapie, Armand dut supporter une deuxième ligne de chimiothérapie différente de la première. La réponse fut partielle. Une grande fatigue s'installa, ainsi que des effets secondaires, avec une baisse des globules blancs et des complications infectieuses. Je ne vous parle pas des nausées et vomissements, malgré les traitements préventifs à chaque séance de chimio. À l'atelier, Armand n'avait pas encore fini de préparer les divers outils du sol, lui qui mettait un point d'honneur à démarrer toujours le premier, la saison des travaux. Cette année, il fallait se rendre à l'évidence : c'était fichu ! Sa santé devenue capricieuse ne lui permettait pas de travailler. Dès qu'il avait un peu de temps libre, il voulait se rendre utile et venait à la ferme, cela lui changeait les idées. Après une longue sieste de deux heures, il avait beaucoup de mal à émerger. Vers 16 heures 30, il revenait un moment à l'atelier, mais il était vite fatigué. Grimper sur les trois marches de la cabine du tracteur de tête et se hisser dans celle-ci, demandait beaucoup d'effort. Et malgré son confort irréprochable, la conduite était devenue un enfer, son corps meurtri l'empêchait de conduire plus d'une heure. Pour la première fois depuis très longtemps, Edmond avait pris en main les labours. En plus de son travail de représentant de commerce, le soir, Martin venait le seconder du mieux qu'il pouvait. De très loin, on pouvait voir le tracteur tout allumé, tel un arbre de Noël. Il terminait un travail tard, très tard, sous les coups de minuit.

À la fin du printemps, alors que la charge de travail augmentait encore, Edmond décida de prendre un salarié agricole. Encore fallait-il trouver la perle rare ? Deux salariés à temps complet étaient nécessaires pour remplacer Armand. Un jeune voisin se libéra et vint un jour sur deux. De son côté, Martin augmenta encore sa charge de labeur en travaillant chaque week-end. À ce moment-là, Armand n'arrivait plus à monter dans un tracteur. Cécile lui prêta sa voiturette de golf qu'elle utilisait pour transporter les charges lourdes. Armand put encore venir prodiguer quelques conseils au jeune salarié.

Pendant l'été, alors que le thermomètre affichait généreusement 35°, il grelotait. Il faut préciser qu'il avait beaucoup maigri et maintenant, il faisait peine à voir. Ses rides s'étaient dramatiquement creusées au fil des mois.

Début novembre, les hommes avaient fini les travaux des champs. D'instinct, Armand savait que le mauvais temps arriverait à grands pas. Seul, cette terre qu'il avait longuement travaillée, il souhaitait l'embrasser du regard une dernière fois. Alors, il emprunta la voiturette de golf de Cécile et descendit au plus bas de la vallée, de là, il pouvait en contempler tout un pan. Il s'assied sur la pierre plate érigée à l'angle des parcelles des grandes Jarrie et du champ des mousserons, elle sert de borne entre les propriétés des Patarins et des Bourdins. Cette terre, il l'avait aimée de toutes ses forces. Il lui avait consacré sa vie, ne comptant jamais ses heures, il lui avait tout donné ! En retour, elle lui avait rendu tant de plaisirs, de satisfaction. Armand était la fierté des Patarins. S'il ne l'a jamais montré, dans son for intérieur, il le savait ! Il se remémorait les labours tirés au cordeau, les jeunes pousses de maïs avec la goutte de rosée qui perle au bout de la feuille, ces orges généreuses qui ondulent sous l'orage de juin, ces blés aux épis dodus qui remplissent les remorques, les unes après les autres, ces tournesols, ces maïs… cette terre, il l'avait aimé comme une femme, avec ses courbes plus ou moins galbées qui ressemblent à une hanche, un ventre, il en connaissait tous les détails. Tiens là-haut, ce petit monticule rebondi avec ce rocher rond lui rappelle un sein avec son téton. Avant de prendre toute décision, Armand prenait un peu de terre entre ses doigts afin d'en apprécier la souplesse liée au pourcentage hydrique ;

trop sec, trop humide, comme l'on touche le grain d'une peau. Puis avec le tracteur et ses outils, il caressait cette terre, cet épiderme, avant de l'ensemencer de maïs, seigle, tournesol… Son regard s'attarda sur un bois de feuillu, là, à mi-hauteur, avec sa petite mare : le bois des amourettes. Il porte bien son nom ! Il lui fait penser à un sexe féminin, accueillant, discret, fragile, protecteur et source de mille vies. Armand resta un long moment à contempler ce paysage ; une heure, deux, quatre peut-être, il n'avait plus la notion du temps. Il s'appuya sur sa canne, remonta dans la voiturette et s'éloigna une dernière fois.

Chaque samedi, Armand va au marché du chef-lieu de canton. Là, au milieu des allées, entre les camelots, les maraichers venus au bourg vendre leur production de légumes, de plants de choux, de tomates, de salades, il aime retrouver ses amis, s'asseoir au bar PMU, regarder cette foule bigarrée dont il connait les visages, mais pas les noms ! Au cours de ces deux décennies, il a revu plusieurs fois Marie, à toutes les étapes de sa vie : d'abord enceinte, puis avec Pauline et Adrien ses enfants, devenus maintenant de jeunes adultes. Mais à chaque fois, d'un coup d'œil rapide, les deux ex-amants se repèrent, s'évitent, pas une seule fois leurs regards se sont croisés. Aujourd'hui, Armand est assis à une table du bar, il prend un bain de soleil et un bain de foule. Sur le trottoir deux femmes s'avancent, la plus jeune guide une poussette avec son bébé au milieu de la foule. Elles s'installent à une table. C'est Marie, il l'a reconnue, il ne peut se défiler. Avec les années, elle vient de passer la cinquantaine, elle a pris des rondeurs maternelles que visiblement, elle assume pleinement. Armand l'observe. Si elle ne porte plus sa longue chevelure flamboyante, mais une coupe au carré, elle est belle. Malgré les aléas de la vie : une fausse couche, une période de chômage, elle a su gérer au plus près sa tribu, ce qui l'a rendu plus forte. Armand la fixe encore. Elle est vraiment magnifique, solaire en maîtresse femme que le temps, les cicatrices laissées par les épreuves ont sublimée. C'est sûr, après un moment d'hésitation, Marie l'a reconnu elle aussi, mais elle ne le montre pas. Les verres sont vides, les deux femmes se lèvent, font pivoter la poussette sur elle-même. En tournant la tête, par-dessus l'épaule de Pauline, Marie le dévisage, leurs regards se croisent un court instant, puis elles s'éloignent pour de bon. À ce moment, il prend conscience qu'il s'est peut-être trompé de vie, qu'il n'a pas été à la hauteur des rêves de Marie, qu'il sera bien seul à affronter le 'crabe' qui croît en lui

Maintenant que Prudence a acquis suffisamment d'expérience pratique, je l'accompagne dans la mise en route de la machine et peaufine avec elle les derniers réglages. Puis je la laisse seule. Le corps de ferme situé au sommet d'une colline me permet de surveiller tous nos champs. Je reste près des bâtiments ; il y a toujours quelque chose à ranger, alors j'écoute la musique qu'émet le tracteur. À son intensité, je sais si le tracteur tire à pleine puissance, s'il ralentit dans le virage à la sortie de la parcelle ou si le chauffeur remet les gaz avant d'attaquer le chemin qui remonte vers la ferme.

En règle générale, lorsque nous formons un jeune, une certaine complicité nous lie. Ainsi, nous sommes souvent invités aux moments clés du passage de l'adolescence vers l'âge adulte. En cette fin juillet, Prudence nous avait conviés à arroser son permis de conduire. Avec ses premiers salaires, elle s'était payé une modeste Renault Twingo blanche d'occasion.

L'essai grandeur nature de cette année consiste au broyage et à la réalisation d'un silo de céréale à la ferme. J'ai stocké ma récolte de triticale dans un silo d'ensilage vide. Le jour J, je l'apporterai avec un chargeur que j'irai chercher au local de la CUMA (coopérative d'utilisation de matériel en commun). J'ai contacté un entrepreneur agricole qui possède une ensacheuse. Entraînée par la prise de force d'un tracteur, c'est une sorte de gros moulin à pâté d'autrefois, avec à la sortie, un embout à fabriquer des saucisses ou les boudins. Montée sur roue, elle broie et en même temps compresse la céréale à l'intérieur d'une bâche en plastique en forme de tube. C'est le même principe que pour les saucisses. Cela crée ainsi une protection contre les intempéries et toutes sortes d'animaux, dont les petits nuisibles.

Selon l'abondance de la récolte, le silo peut s'étirer sur des dizaines et des dizaines de mètres, ce qui lui donne l'allure d'une sorte de « boudin ». Il faut savoir que la pression à l'intérieur du « boudin », ainsi réalisé par l'ensacheuse, est ajustée par la vitesse d'avancement du tracteur : selon la fermeté avec laquelle la manette du frein de parking du tracteur est tendue, appréciation faite à l'œil par le conducteur de travaux, celui-ci avance plus ou moins vite et compresse ainsi la céréale avec plus ou moins de pression. C'est aussi simple que cela. De plus, il n'y a aucun système de sécurité qui peut avertir d'une surpression.

À intervalle régulier, sur la bâche du silo, un avertissement ainsi qu'une graduation, les deux peints en rouge, notifient la tension de la bâche à ne pas dépasser, soit 44 centimètres. Cette tension est directement liée à la pression à l'intérieur, puisque, plus le silo est compressé, plus la bâche s'étire et inversement. Cet étalonnage visuel permet tout au long de l'avancée du chantier et du déroulement de la bâche, de vérifier le bon déroulement de celui-ci. Issu du monde agricole, le prestataire d'ensilage en connait bien les us et coutumes et, bien sûr, les conditions d'un bon ensilage. De plus, il élève lui aussi des vaches.

Les Argentins, inventeurs de cette machine et de ce système de silo, l'utilisent dans leurs champs immenses afin de stocker leur récolte et la protéger des Nandous par exemple. Chez nous, ce silo de céréale est posé sur une prairie temporaire, juste au-dessous de la stabulation.

En août, la sécheresse estivale rend le sol dur, impossible alors d'y enfoncer le moindre poteau de clôture, qu'il soit en bois ou en fer. Alors, afin de remédier à ce problème, depuis de nombreuses années, j'ai fabriqué des poteaux « maison ». Un pneu de roue de voiture ou mieux, un pneu de remorque agricole, rempli de béton, dans lequel j'ai scellé un tube en fer fera l'affaire. Afin de faire traverser le fil de clôture électrique, la partie haute doit d'être isolante. Les tubes en épais plastique, sur lequel sont enroulées les bâches d'ensilage neuves, trouvent là, un second usage et sont ainsi recyclés à moindre coût. Au bout de ma clôture, je pose une masse beaucoup plus lourde, en l'occurrence un demi fût d'un bidon en fer de 220 litres, rempli de béton, avec lui aussi un tube en fer, selon le même procédé que les pneus. (La masse du béton étant de 1500 kg/m2, le fût pèse donc 165 kg). Parfois, les vaches se grattent le sommet de la tête, mais en vingt ans, je n'ai jamais vu ce genre de fût renversé. Durant l'automne et au printemps suivant, les vaches vont pâturer dans la parcelle attenante. Tout se passe bien.

Une troisième ligne de chimio fut mise en place auquel le corps d'Armand n'a pas répondu. Le 'crabe' n'en finissait pas de coloniser son organisme qui est devenu une simple enveloppe pitoyable.

C'est au cours de l'hiver, en plein mois de février qu'Armand s'éteint. Son départ fut vécu comme un soulagement, tant les douleurs étaient vives, il n'avait que 55 ans. Le célébrant de l'office religieux mit en valeur la vie de cet homme simple, attaché à sa terre, apprécié de tous. Alors que la communauté disait un dernier au revoir en bénissant le cercueil ou en le touchant du bout des doigts, j'ai vu quelques larmes couler sur le visage du père François. En effet, le vieil homme le considérait comme son second fils. Le décès d'Armand tombait au même moment que la retraite d'Edmond. Cela compliquait un peu la transmission prévue depuis longue date. Tout au long de leur carrière, le couple Patarin avait acquis des biens immobiliers sous forme de terres agricoles ainsi que des biens vivants sous la forme d'un beau cheptel de vaches de race à viande. Le couple vivait de peu, Cécile n'était pas du genre à faire régulièrement les boutiques à la mode. De plus, la quasi-totalité des légumes consommés provenait de son jardin, ainsi que les poulets et autres volailles du bâtiment label. Chaque année, une demi-vache fournissait la viande rouge, l'autre moitié était vendue en caissette aux amis proches. Le départ précipité d'Armand souleva un grave problème de main d'œuvre. Impossible de remplacer un tel salarié, sans mettre en péril toute l'activité de l'entreprise. Car, si de l'extérieur la ferme des cinquante arpents donnait l'impression d'une grande aisance financière, il n'en était rien, la rentabilité était nulle depuis de nombreuses années. À son installation, Martin s'était mis dans l'idée d'acheter un puissant tracteur de tête avec toute la panoplie d'outils adaptés encore plus larges, ce qui permettrait de gagner ainsi du temps de travail à l'hectare travaillé et compenserait en partie, le départ d'Armand.

Il y a une quinzaine d'années, période où la ferme des cinquante arpents était largement bénéficiaire, Cécile avait promis à ses enfants, un petit capital à la retraite de leur père Edmond. Caroline vivait de petits boulots, il est évident qu'un petit coup de pouce financier ferait son bonheur. Quant à Élodie, elle rêvait d'ouvrir son salon de coiffure. Idem, un petit coup de pouce financier rassurerait les banques.

Devant une telle opulence de biens au soleil, la banquière accorda facilement un prêt, la ferme en propriété serait la garantie. Martin eut donc son tracteur modèle dernier cri. Néanmoins, elle mit une clause, elle voulait bien financer une partie de l'installation de Martin, le quart du capital total, à une seule condition, que le couple Patarin finance un quart lui aussi. Edmond qui ne voulait rien refuser à son fils acquiesça sans hésiter. Cécile lui donna son accord avec un bémol, il est évident que ce montage financier caduc qui favorisait Martin, pourrait un jour où l'autre troubler la bonne entente familiale. Et ça, elle n'en voulait pas ! Malgré l'arrivée de ce nouveau tracteur, tête baissée, Martin augmenta encore le nombre d'heures de travail. Il quitta son emploi extérieur. Sa compagne Nadège le prévient : elle ne supporterait pas longtemps ce rythme de vie. Il ne cessa de la rassurer, ce laps de temps ne serait que provisoire.

Comme chaque année maintenant, je fais réaliser un silo de céréale à la ferme. J'ai prévenu l'entrepreneur agricole il y a quelques jours. Au volant du chariot élévateur, sur le chemin du retour vers la ferme, je reçois deux coups de téléphone auxquels je ne réponds pas. J'arrive dans la cour et là, le fils de l'entrepreneur m'attend. M'ayant à peine salué, il m'interpelle sèchement :

– Je t'ai appelé deux fois et tu ne m'as pas répondu. Où fais-tu ton silo, car j'ai vu que sur le terrain où tu l'avais fait l'an passé, il y a des plots en béton ?

En effet, je prévois de construire un hangar à fourrage, et les dés en béton qui supporteront l'armature de l'ensemble sont déjà coulés sur l'ancien site d'ensilage.

– Je le fais dans le pré sous la stabulation, le long de la haie, comme il y a deux ans !

– Allez on y va !

Le fils de l'entrepreneur part installer son ensemble tracteur-machine et moi je remplis le premier godet de grain que j'ai stocké sur le béton de l'un des silos d'ensilage vide. Au pied de l'ensemble tracteur-machine, il m'attend. Je remarque qu'il ne l'a pas installé au bon endroit : à mon goût beaucoup trop près de la haie, car d'habitude, je laisse un chemin d'accès entre la haie et le silo, puisque l'hiver je vais chercher la céréale au plus bas du silo, dans le sens de la pente, tout simplement pour que l'eau ne s'incruste pas dans celui-ci. Le conducteur est pressé et déjà énervé. D'un geste de la main, il m'incite à me dépêcher. Alors au lieu de perdre encore quelques précieuses minutes à changer de place l'ensemble tracteur-machine, je laisse faire et m'adapterais à la situation en créant un chemin d'accès de l'autre côté du silo. Sous son regard, par mes nombreux allers et retours, j'alimente ainsi le plus rapidement possible l'ensacheuse. Soudain je vois le fils de l'entrepreneur s'éloigner un peu de son tracteur, il téléphone, puis il reprend son poste de surveillance auprès de la machine. Au bout d'une heure de travail, le fils de l'entrepreneur s'éloigne de nouveau, mais beaucoup plus loin. Pour éviter le bruit du moteur du tracteur à plein régime : car celui-ci entraîne le broyeur par la prise de force, le broyeur qui émet un grondement sourd, plus celui du chariot élévateur que je conduis avec son bip-bip caractéristique en marche arrière, le jeune conducteur de l'ensileuse descend la parcelle à environ 60-70 mètres voire plus, abandonnant là par la même occasion son poste de surveillance pour disposer d'une meilleure réception.

Au bout de quelques minutes, je regarde dans sa direction : il téléphone toujours, je le vois nettement. Pour une meilleure écoute, il s'est placé dos au chantier. Sur place et ainsi éloigné, il reste un long moment, ce qui a le don de m'agacer un peu, moi, qui dans le transport du grain, dois être encore plus rapide avec l'élévateur. En effet, la distance à parcourir s'allonge au fur et à mesure de la fabrication du silo et du tas de grain, auquel je m'approvisionne et qui, lui, recule. Au bout d'un long moment, le conducteur remonte la parcelle et regagne son ensemble tracteur-machine.

Arrivé au pied du silo, je le vois courir vers l'arrière de l'ensacheuse, desserrer les vis de réglage de la pression de la machine, je présume, contourner le tracteur qui avance tout seul par l'avant, ouvrir la portière et rapidement tourner le volant. Il reprend son poste de surveillance. Inquiet de cette manœuvre étrange, j'aperçois alors au pied du silo une bande grise de 20-30 centimètres de hauteur, sur une longueur d'environ 2,5-3 mètres : la bâche s'est étirée, devenue fine, translucide, alors que la bâche d'origine, sur l'ensemble du silo, doit rester d'un blanc immaculé, pour conserver sa robustesse et le produit ensilé. Le travail reprend toute la matinée.

En fin de chantier, il faut se rendre à l'évidence ; la bande grise est le résultat d'un étirement anormal. Le fils de l'entrepreneur pose un scotch large, mais il n'a pas assez de matière pour tout réparer. Je lui indique que je vais colmater les brèches rapidement.

Nous sommes en fin de matinée. Je replace les fils de clôture électrique sur leurs points d'attache et de délimitation d'origine. Dans la rotation des parcelles, les vaches vont ainsi pâturer la parcelle suivante de celle où nous venons de poser le silo de grain et ne peuvent donc pas accéder au silo. Comme les autres années, je mets en place une clôture avec mon système de poteau scellé dans une jante de roue de voiture, avec un lourd plot de béton en bout. Le mercredi matin, je reviens porter un regard sur le boudin et je renforce avec du large scotch noir la bande désormais perforée du silo. Toute la semaine va se découler ainsi avec les vaches qui vont et viennent de la stabulation à la parcelle n° 2, en passant devant le silo de céréales.

Dimanche matin 25 août 2013

En allant chercher mes céréales, et uniquement dans la première partie du silo, je remarque de petites fentes verticales de 8 à 10 centimètres de long qui sont apparues dans la nuit. Hier, elles n'y étaient pas, c'est sûr, je l'aurais remarqué. Sous la pression, le triticale s'écoule et forme de petits tas au sol. Depuis la réalisation du silo et chaque jour, je surveille les possibles attaques de corbeaux et autres corvidés. Nouveau constat : sur la large bande grise, à l'endroit où j'ai déjà réparé le silo, le boudin a explosé, puis s'est affaissé ! Sur toute la longueur réparée, le silo a perdu sa forme ronde et a désormais la forme d'une poire. Le scotch que j'ai posé le mercredi s'est décollé. Il laisse ouvert un entrebâillement d'une dizaine de centimètres. Là aussi, de petites fentes verticales sont apparues, au travers desquelles passe la céréale broyée. Ce matin, il pleut une légère pluie de crachin, je ne peux donc pas réparer les fuites sur une bâche humide. Je referme ma parcelle comme les autres jours et préfère attendre le lendemain matin, j'en profiterai pour finir ma deuxième clôture. Vers 11 heures, après avoir rapproché une dernière fois l'ensilage au plus près des vaches, j'ouvre le portail de la stabulation.

Dimanche soir, vers 18 heures,

C'est l'heure de la traite. Tranquillement, je rejoins les vaches afin de les rassembler et je vois que celles-ci ont cassé le fil de la première parcelle, celui qui ouvre vers le silo de céréales. Le fil a disparu, il ne reste que la poignée qui pendouille. La masse de béton que j'avais posée est renversée : il y a dû y avoir du grabuge. Plus grave, le bout du silo est ouvert : une dizaine d'animaux y mangent les céréales ainsi que dans la large bande grise où ce matin le scotch a lâché, idem aux endroits où la bâche est écartelée en petite fente, les autres, peut-être une quarantaine d'animaux attendent gentiment, couchées dans l'herbe. Les premières ont simplement agrandi les petites fentes et la bande grise, fine et poreuse. Elles mangent comme si elles mangeaient sous un fil. Visiblement, elles n'ont rien cassé d'autre. Avec Jeanne, ma femme, qui est venue me rejoindre, rapidement nous les rentrons. Je téléphone au vétérinaire afin qu'il prépare une solution à leur faire absorber. Toutes les vaches passent en salle de traite. Je ferme le portail, et, après les avoir toutes bloquées aux cornadis, « les bougres ont encore faim », nous les traitons au pistolet doseur, toutes, une à une, sans exception. Nous ne savons pas qui a mangé quoi. Elles ont toutes de la farine au bout du nez.

Éreintés, il est minuit trente lorsque nous terminons. Les vaches sont énervées, elles cherchent à retourner dehors, comme les autres nuits. À deux heures, je me lève une première fois, les vaches se sont calmées. À quatre heures, tout est silencieux. À six heures, il n'y a qu'une seule vache, Dora, qui donne des signes de faiblesse. Elle ne peut pas se relever. J'appelle le vétérinaire. Sur 49 vaches présentes dans la stabulation, seules 7 à 8 ne passeront pas en salle de traite, je les vois trop fragiles.

À sept heures, nous perfusons Dora qui n'a pu se relever de sa logette. Puis nous continuons le traitement vers celles qui semblent faibles. Je vais réparer le fil cassé et nous sortons un maximum de vaches, celles qui arrivent à marcher, afin qu'elles ne meurent pas dans le bâtiment. La stabulation prend des airs d'hôpital militaire de campagne. Tout ce qui a un manche est réquisitionné. Deux perfusions sont accrochées à chaque fourche à trois doigts, idem pour le râteau, même l'échelle en aluminium trouve là un nouveau rôle. Par de continuelles allées et venues, nous surveillons les perfusions pour que celles-ci soient administrées au bon rythme : une goutte à la seconde. À dix heures, 19 perfusions ont été posées.

Un autre vétérinaire du cabinet vient à notre secours. Le vétérinaire me prévient :

– Tu vas peut-être perdre entre 5 et 10 vaches.

En trente ans de carrière, il n'a jamais vu une telle hécatombe. Deux jeunes vaches, Guinée et Galipette me suivent partout. J'ai beau les repousser dans la parcelle, elles reviennent à la charge et semblent me dire :

– J'ai mal au bide, j'ai mal aux pattes, ne reste pas là à nous regarder dans le blanc des yeux, fais quelque chose bon sang !

– Qu'est-ce que vous croyez mes belles, je fais mon maximum !

À douze heures, Dora meurt en silence. C'est le début de l'hécatombe. Le véto me prévient, l'échelle du nombre de pertes augmente dangereusement : probablement entre 15 et 20 vaches. En trois heures, dans la stabulation, dix vaches vont y laisser leur vie.

En début d'après-midi, nous rejoignons la parcelle où nous avons « poussé » les vaches pour éviter au maximum une mort dans le bâtiment même. Tout l'après-midi, nous continuons à les « traiter » : avec une pompe manuelle, nous leur faisons absorber une dizaine de litres d'un mélange d'eau, de sels minéraux et autres produits afin de les aider à digérer.

Toutes les heures, je fais le tour de la parcelle et les sollicite une à une. J'essaie de les forcer à se relever et de les emmener près de l'abreuvoir. En deux heures, certaines se sont endormies, la tête tournée vers le flanc. Nous en sommes arrivées à choisir celles que nous devons soigner : nous choisissons les plus jeunes. À dix-sept heures, seize vaches sont déjà mortes. Sur les recommandations du vétérinaire, je téléphone au service d'équarrissage : pas question de garder tous ces animaux morts sous les yeux. L'échelle de grandeur du nombre de pertes augmente encore : sûrement de plus de 20. Seule, une bonne vingtaine de vaches passent en salle de traite. Certaines n'ont pas une goutte de lait. À 21 heures, de nouveau, trois vaches sont mortes. Dans la nuit de lundi à mardi, nous allons perdre encore trois vaches. Nous continuons les soins.

Au matin, après le travail de soins aux animaux, Jeanne sort le lourd dossier des assurances. Tout est là, classé par catégorie : bâtiments, tracteurs… assurance personnelle. Depuis notre installation il y a trente ans, nous travaillons avec une seule compagnie d'assurance, une mutuelle mise en place par le monde agricole dans les années 50. Elle téléphone à notre chargée de clientèle locale, puisque nous avons souscrit une assurance perte de revenus. Elle lui explique calmement la situation : à savoir que nous avons déjà perdu une grosse partie de notre troupeau et que forcément, à la fin de l'année comptable, le revenu de notre entreprise risque d'être fortement orienté à la baisse. La réponse est immédiate et sans appel.

– Vous n'aurez droit à rien puisque vos animaux ne sont pas assurés.

Et la dame raccroche sans attendre.

Jeanne reprend une seconde fois le téléphone et joint notre chargée de clientèle locale en prenant soin de lui expliquer une seconde fois l'accident de notre troupeau. La réponse est immédiate et sans appel.

– Vous n'aurez droit à rien puisque votre troupeau n'est pas assuré, je vous l'ai déjà dit !

Jeanne vient à ma rencontre et me demande de téléphoner à mon tour à cette satanée mutuelle d'assurance. Je saisis le téléphone et débite le début de notre accident.

– Vous n'aurez droit…

– Attendez Madame, moi je sais que nous sommes assurés contre la perte de revenus. Qu'est-ce que vous voulez exactement ? Franchement, qu'est-ce que vous voulez vraiment ? Hier, j'aurai dû laisser crever les animaux dans la stabulation, y mettre le feu et là, je peux vous dire que l'assurance perte de revenus aurait marché, puisque nous sommes plutôt bien assurés en cas d'incendie. C'est ça que vous voulez vraiment ? Et je peux vous dire que cela ne vous aurait pas coûté le même prix.

– Je vais voir ce que je peux faire.

Dans notre cas, la perte de revenus est déclenchée lors d'un sinistre : incendie par exemple, l'assurance compense la perte de revenus pendant un maximum de 18 mois, le temps que les travaux de remise en état se terminent et que l'entreprise redémarre.

À la signature de ce contrat, nous n'avions retenu que les mots : perte de revenus exceptionnelle et compensation pendant un maximum de 18 mois.

Beaucoup de mes collègues m'avoueront plus tard que pour eux aussi, cette subtilité de langage n'était pas très claire. Suite à cet accident, beaucoup d'autres vont demander des clarifications et des modifications de leurs contrats.

Et notre chargée de clientèle va prévenir l'un de ses responsables.

Dans la nuit de mardi à mercredi, nous allons encore perdre deux vaches probablement au prix d'horribles souffrances. Friandise avait les muqueuses génitales et anales boursouflées. Quant à Bigoudi, elle était gonflée comme cela n'est pas imaginable. Pendant ces deux jours de surveillance accrue de jour comme de nuit, je l'ai toujours vue debout, elle ne s'est probablement pas couchée. Prostrée près de la haie, d'instinct, j'imagine qu'elle savait surement que si elle se couchait, elle ne se relèverait pas ! Peut-être aurais-je dû les euthanasier, mais j'avais toujours espoir qu'elles se sortent de cette situation. Peut-être n'avais-je pas le courage de prendre la décision de provoquer leur mort, tout simplement. Bigoudi, notre chouchoute, une vache tout en largeur, au gabarit hors norme, s'était tirée plusieurs fois de ce genre d'affaires. Sa gourmandise n'était pas que légendaire, elle était bien réelle. Pendant sa période d'élevage entre 6-12 mois, par trois fois et face à l'urgence de la situation, j'ai dû utiliser un tuyau d'arrosage souple en guise de sonde œsophagienne afin de diminuer la pression des gaz de la panse qui risquait de l'étouffer, puis de la mettre à la diète pendant deux jours, après qu'elle eut consommé la ration de ses copines. En production, à la distribution individuelle de concentré, pas question de lui chiper quoi que ce soit. Elle balançait sa tête, toujours du côté gauche, repoussant les jeunettes de l'année. Dans l'accident, elle perd avec elle, deux de ses filles, Danette et Ferrari, mères à taureau comme elle. (Mère à taureau : dont les veaux mâles sont achetés par un centre d'insémination artificielle afin d'en faire des reproducteurs).

Mardi après-midi. Je passe l'après-midi à sortir les animaux de la stabulation. À l'aide d'un câble, je les soulève. Parfois, il faut s'y reprendre à plusieurs fois afin de les mettre dans l'alignement du couloir de raclage. La prairie où nous avons poussé les animaux, ressemble à un champ de bataille, avec tous ces cadavres éparpillés sur toute la surface. Là aussi, une à une, je les soulève avec un câble. Même morte, je continue d'en prendre soin !

Mercredi matin, deux jeunes vaches ne se relèvent toujours pas. Elles attendent là, tranquilles, à moitié endormies. C'est foutu ! Le vétérinaire venu faire une énième visite me conseille de les euthanasier. Je donne mon accord. Quatre vaches posent toujours problème. Elles ne mangent pas. Suite des soins.

J'appelle le fils de l'entrepreneur et lui explique la situation. Il arrive en trombe. Je lui raconte notre mésaventure et lui demande s'il est bien assuré, il me répond que oui, et de plus à la même assurance, même agence, cela ne devrait pas trop causer de problème : c'est à ça que sert une assurance, enfin, c'est ce que je pense à ce moment-là…. Il est blême, totalement tétanisé. Il ne cesse de répéter en boucle :

– Ah ben ! quand papa va voir ça… quand papa va voir ça… quand papa va voir…

Aussi bizarre que cela puisse paraître, c'est moi qui le réconforte. Après tout, il n'y a pas mort d'homme. Je lui parle calmement, en imaginant que mon fils ait pu commettre ce genre d'erreur. J'aimerais qu'on lui parle avec autant de respect. Ce n'est qu'un silo mal conditionné. La preuve est là, sous nos yeux. Les vaches n'ont consommé la céréale qu'aux endroits où la bâche est percée et fragilisée. Le reste est intact. La journée continue au même rythme.

Le chauffeur du service d'équarrissage me raconte que la semaine passée, il a chargé tout un troupeau de vaches allaitantes avec leurs veaux et même le taureau reproducteur, victimes d'un orage particulièrement violent. Au total, une petite quarantaine d'animaux. Les pertes subies suite à un orage sont assez rapidement réglées. Quelque part, j'envie un peu cet agriculteur. Son entreprise va repartir. Il pourra ainsi tourner la page et recommencer à travailler, même si je pense que dans les mois qui suivent, à chaque coup d'orage, il s'inquiétera pour ses bêtes !

Tout en chargeant les vaches, je réfléchis à notre histoire : aux remarques négatives que j'ai déjà entendues et aux premiers cafouillages du dossier, j'ai comme l'impression que notre affaire est mal engagée. Il y a quelque chose qui cloche, mais je ne sais pas quoi ?

C'est quand même impressionnant de charger toutes ces carcasses mortes. C'est la première fois que nous sommes confrontés à autant de mortalité. Je n'ai pas l'impression de faire mon job, moi qui mets un point d'honneur à bien prendre soin de nos animaux.

Le soir, je contacte le fils de l'entrepreneur. Il m'indique qu'il a téléphoné à tous ses clients ayant des animaux proches d'un silo. Il est toujours tétanisé. Ce sera notre dernier contact téléphonique.

Vendredi matin, les quatre dernières vaches, qui n'ont rien mangé depuis dimanche soir, commencent juste à grignoter du foin. Nous les avons probablement sauvées, mais la lactation est compromise. On peut penser, en voyant le nombre des vaches mortes, qu'il n'était pas nécessaire de faire autant de frais qui au final auront peu de résultats sur le nombre d'animaux vivants. Le vétérinaire m'avouera plus tard que nous avions très peu de chance de les sauver. Moralement et psychologiquement, nous ne pouvions pas laisser nos animaux mourir sans avoir tout tenté. J'aurais eu trop de remords !

En vérité, nous avons sauvé deux vaches qui ont eu des perfusions, j'en suis sûr, certain. Je sais qui de nos vaches a été perfusé.

– Discrète : elle porte bien son nom. Couchée dans la stabulation, j'ai réussi à la pousser dehors. Ne faisant jamais parler d'elle, elle aligne les lactations les unes après les autres, sans problème particulier. Les vaches sont rentrées en stabulation, Discrète attend sagement dans le chemin. Il suffit de la rentrer et l'on sait que tout le monde est là. Idem en salle de traite où elle met un point d'honneur à toujours passer la dernière, ce qui nous agace souvent !

– Excellente. Couchée au bas du pré le long de la haie, je me souviens très bien l'avoir forcée à se relever. La première fois, je n'ai pas réussi. Mais la deuxième fois, j'ai réussi à la faire marcher et l'amener près de l'abreuvoir. Elle boitait énormément. Gestante de cinq mois, elle va se tarir. Quatre mois plus tard, elle débutera une nouvelle lactation.

Je suis très en colère et forcément déçu. Je n'ai pas su protéger mes animaux de l'accident, ce qui n'est pas dans mes habitudes. D'ordinaire, tous les moyens sont mis en œuvre.

Chez nous, tous les silos sans exception ont systématiquement deux protections. La première est un ensemble de deux bâches collées ensemble, ce qui garantit une étanchéité totale contre l'eau et l'oxygène, ennemi d'une bonne conservation d'un ensilage. Puis une seconde, constituée d'un filet tressé très résistant, afin de protéger ceux-ci contre les corbeaux, la grêle ou tout risque de piétinement par un animal égaré.

Le problème avec ce type de silo de céréale, c'est sa forme ronde. Il est impossible de poser un filet tressé qui épouse parfaitement cette forme ronde. Au pied du silo, il y a forcément un espace entre le filet et la bâche. Et cet espace, bien discret, se révèle être une bonne cachette pour les rongeurs, qui ainsi, longent le silo bien à l'abri des regards. Et les rongeurs sont nos premiers ennemis : ils trouent les bâches, et, avec l'humidité de l'air ambiant, cela favorise la prolifération de moisissures nocives. De plus, leurs déjections souillent le grain et transmettent des maladies.

Au total, en quelques jours, nous venons de perdre 26 vaches, dont une vingtaine en production depuis moins de deux mois : deux venaient juste de mettre bas la semaine précédente.

J'avais prévenu Prudence de l'accident par SMS. Elle m'affirma que dès son retour, elle avancerait à la ferme. Je l'entendis de très loin, un moteur de moto hurlait de rage.

Je l'attendais près de la salle de traite lorsque je l'aperçus, elle avait laissé sa Twingo au garage et chevauchait une 125 cc Yamaha dont le pot d'échappement laissait s'échapper des flammèches. Nous nous dirigeâmes vers le silo défectueux, je lui expliquai la situation. En voyant la stabulation à moitié vide, les vaches encore fragiles, le regard hagard pour certaines, son visage s'empourpra. Elle tenta de réprimer quelques larmes, avant qu'un flot jaillisse et roule sur ses joues. Elle s'essuya le visage avec la manche de son avant-bras. Entre deux hoquets, elle ne put s'empêcher de lâcher :

– Put… quel gâchis !

Dès qu'il eut connaissance de notre accident de cheptel, le père François vint nous voir. Lui qui avait l'habitude de vanter notre élevage et nos rendements culture, était profondément triste. Il me raconta des souvenirs de ses débuts de jeune paysan, dans les années 1950, juste après la Seconde Guerre, lors de la mise en place de la CEE (Communauté Economique Européenne). À cette époque, un feu dans un pailler, au vu des moyens limités de lutte contre l'incendie, pouvait tourner à la catastrophe dans une ferme. Pour lui pas de doutes, les assurances allaient nous indemniser rapidement, afin que nous puissions repartir du bon pied. Au même moment, dans le nord du département, des agriculteurs manifestent leur colère contre les dégâts des sangliers qui ravagent les cultures de maïs et sont déjà mal indemnisés.

Au fil des semaines, les visites du père François furent régulières, il voulait toujours se tenir informé de notre situation. Quelque part, notre situation d'étranger dans la commune lui rappelait la sienne, sa jeunesse, à l'époque où jeune agriculteur, lui aussi avait connu la même situation. J'ai toujours pensé que c'était la raison de la sympathie qu'il éprouvait envers nous.

Dans les jours qui suivirent l'accident des vaches, un employé de la MSA (Mutualité sociale agricole) nous téléphona. Quelqu'un l'a prévenu de la perte de nos vaches. Il nous demanda si nous allions tenir le choc. Il nous proposa une aide psychologique au cas où… nous aurions des idées noires. Depuis quelques années, le monde agricole se distingue par un taux élevé de « burn-out » et de suicide. Je répondis non, j'espère que nous allons tenir le choc !

J'ai passé un long moment au téléphone avec un responsable de notre mutuelle d'assurance. Il accepte de nous aider à constituer un dossier au titre de notre « garantie protection juridique ». Une société d'expertise est chargée de nous épauler.

Je téléphone à notre chargée de clientèle à l'échelon régional du service protection juridique, qui d'emblée me demande si notre situation financière est saine. Je lui réponds que oui, puisque notre banque nous suit dans l'achat d'un nouveau troupeau. Au bout du fil, je l'entends rire, puis préciser :

– Et bien… l'aventure continue… nouveaux rires narquois !

À cet instant, je me pose beaucoup de questions, notamment dans le cas où notre situation financière aurait été moins solide : la mutuelle d'assurance nous aurait-elle suivis ?

Une expertise réalisée par un cabinet spécialisé est faite dans la foulée, avec à la clé une réunion afin de trouver un accord à l'amiable. Visage anguleux, corps et membres secs, habitué aux rudes tâches du monde agricole, c'est l'entrepreneur père qui a pris les choses en main. D'emblée, il rejette toute responsabilité et nous accuse de tous les maux. Au bout d'un long moment, il finit par admettre la surtension de 20 % du silo puisque les mesures faîtes sur toute la longueur de la bâche donnent jusqu'à 48 centimètres de tension au lieu des 44 centimètres maximum autorisés. Tout le silo est en surtension ! Puis, il finit par reconnaitre le déchirement de celui-ci avant la fin du chantier. Évidemment, il ne peut le nier, puisque depuis le début, nous savons que le silo avait déjà été réparé et était fragilisé avant le départ de l'entrepreneur fils. Par contre, pas question de concéder que le grain puisse attirer les animaux, alors que chaque propriétaire d'animaux sait qu'un seau d'aliment concentré mis devant leur nez peut provoquer une grosse bagarre. En tant qu'éleveur, lui aussi le sait…

Nous voilà partis pour le tribunal.

Il nous est demandé de faire une estimation précise de notre cheptel. Un technicien assermenté s'attelle à la tâche. À la situation de chaque animal : en gestation, fraîche vêlée ou en prévision de la réforme, vache avec gros potentiel génétique : mère à taureau, il sera attribué un prix le plus proche de la réalité.

Nous sommes à la recherche d'un nouveau troupeau, si possible issu d'un seul élevage afin de limiter au maximum les risques sanitaires. Il faut recommencer à traire le plus rapidement possible, afin de payer nos factures et éviter de sombrer dans la déprime. Des agriculteurs que nous ne connaissons pas, prennent la peine de nous téléphoner et nous proposent leur aide à la recherche de ce fameux troupeau. Je tiens à les remercier !

Début septembre 2013. J'ai nettoyé la partie du silo « boudin » ouvert et, constate à ma grande surprise et sans conteste que les vaches ont consommé des céréales aux seuls endroits où le silo était fragilisé. Elles ont simplement agrandi les trous existants. Dans la première partie du silo où j'ai vu des fentes de quelques centimètres, puis sur toute la longue zone réparée. À ma grande surprise, j'ai retrouvé les scotchs blancs que l'entreprise avait posés avant la fin du chantier, ainsi que le scotch noir que j'ai mis le surlendemain. Je prends quelques photos. Le reste du silo est intact, car nos animaux sont particulièrement bien écornés. Le grain ramassé dans cette zone, est mis en sac de 500 kg. Il sera distribué aux génisses, moins sensible à quelques impuretés (présence de terre…). De nouveau le silo est bâché provisoirement en attente de l'expertise judiciaire.

Coup de chance dans notre malheur, tout notre troupeau est bien écorné, rien ne dépasse ! Dans le cas d'un troupeau avec des cornes sciées dans les premières années de vie, ce qui signifie des cornes qui n'en finissent pas de pousser ou avec la présence d'un taureau qui a la fâcheuse habitude de bousculer tout ce qui est nouveau, les preuves se seraient envolées…

Un nouveau troupeau nous est proposé. Nous choisissons 25 vaches. Ce sont de jeunes vaches en lait depuis plusieurs mois et 5 vaches prêtent à tarir, qui vêleront dans l'hiver. Le temps de faire les prises de sang nécessaires, le troupeau va arriver chez nous une bonne semaine plus tard. Après quelques réglages, le troupeau recommence à produire. Les nouvelles vaches issues d'un grand troupeau se révèlent nerveuses, contrairement aux nôtres, plus habituées au contact de l'humain. Malgré nos bons soins, avec le changement d'étable, le changement d'alimentation, la production laitière s'avère en retrait de nos prévisions. Dommage de ne pas profiter d'un prix du lait élevé en cette période précisément.

Tous les ans, l'attachée de clientèle de notre assurance nous rend visite afin d'optimiser tous nos contrats. C'est aujourd'hui le jour de la visite, mais pas un mot sur l'accident.

Prudence avait quitté l'exploitation fin juin, elle devait continuer dans une autre ferme la fin de sa scolarité. Le week-end des semaines d'école, elle venait chercher sa ration de lait afin de poursuivre ses essais de fabrication de fromages.

Pierre, le jeune suivant avait réservé son stage de longue date. Il suivait une formation à plein temps. La première période de pratique agricole serait en février.

Début janvier 2014. Nous recevons la copie de l'ordonnance de référé du tribunal. Celui-ci nomme un expert judiciaire qui sera chargé de se rendre sur les lieux, et de faire toute constatation utile : décrire les désordres affectant le travail d'ensilage. Rechercher la cause de ces anomalies : défaillance matérielle, défaut de mise en œuvre, entretien. Évaluer le préjudice subi par le demandeur, du fait des dysfonctionnements constatés.

Madame la juge accorde à l'expert pour dépôt de son rapport un délai de quatre mois, soit juillet 2014 ?

Le 26 février 2014 précisément, une nouvelle confrontation se fait avec toutes les personnes concernées, à savoir l'entrepreneur père et fils ainsi que leur conseil et l'expert. De notre côté, notre conseil, notre vétérinaire, notre expert et nous-mêmes. À la maison, je passe trois quarts d'heure à me faire « engueuler » une nouvelle fois par le père. Tout ce qui nous arrive est uniquement de notre faute. Défaut de surveillance des animaux, défaut de clôture, défaut de soins dans la maladie des animaux. J'encaisse et je ne vais dire qu'une seule et unique phrase en parlant de la réalisation du silo :

– Au lieu de surveiller le silo, tu as passé ton temps au téléphone.

Immédiatement, l'on me répond que l'on ne parle pas du téléphone. Pas question ! Interdit ! Sur le moment, je ne comprends pas.

Dans la deuxième partie de la visite, seul avec l'expert judiciaire, nous nous rendons à l'endroit où je dois réaliser le hangar à fourrage. Les plots de béton sont bien visibles. Lorsque le reste du groupe est enfin arrivé, nous les rejoignons, tous, autour dudit silo. J'ai ouvert le fil de clôture électrique afin de rendre la visite plus facile.

L'expert judiciaire contrôle la tension du silo. Le père se vante d'avoir réalisé des silos encore plus gros à savoir 53 centimètres de tension au lieu des 44 centimètres maximum et que la bâche a bien résisté. Il est prêt à le prouver si nécessaire ! Je leur montre la zone grise, perforée. L'expert prend des photos. Il fait aussi remarquer au fils de l'entrepreneur que le sol n'est pas plat, il aurait dû refuser de réaliser le silo à cet endroit. Celui-ci s'énerve, tel un gamin footeux auquel l'on vient de retirer son ballon et en me désignant du doigt :

– Mais c'est lui qui m'a dit de le faire ici.

Erreur, d'abord il était tellement pressé et énervé que je n'aie pas eu le temps de lui indiquer quoi que ce soit. Et je fais remarquer que le sol est parfaitement plat, mais que le silo est réalisé en partie sur la « raie de charrue » (lors d'un labour, en retournant la terre, la charrue laisse un dernier sillon d'une vingtaine de centimètres de profondeur. Celui-ci est nommé « raie de charrue). L'expert lui fait remarquer que c'est lui le maître d'œuvre du chantier. Donc, c'est à lui de prendre toutes les mesures nécessaires à sa bonne réalisation.

Alors que le reste du groupe traîne encore autour du silo, l'expert judiciaire et moi revenons à l'entrée de la ferme. Ce dernier me demande l'estimation de notre cheptel perdu. Elle devra être la plus proche possible de la réalité :

– Je vous compterai une part de responsabilité, mais estimez vos pertes, c'est très important me confie-t-il !

Dans la deuxième partie de cet après-midi, le groupe se déplace chez l'entrepreneur. Je ne suis pas invité à la visite. Deux heures à tourner autour de la fameuse machine. L'expert essaie de comprendre ce qui a pu se passer. Il ne s'explique pas pourquoi cette machine n'a aucun système de sécurité sur le circuit d'hydraulique qui limite ainsi la pression maximale à l'intérieur du boudin. Et que dire du système de réglage de l'avancement : la simple tension du frein de parking, réglage « au pifomètre », selon l'appréciation du chauffeur selon divers paramètres : pente du terrain, pression... Le tracteur avance ainsi tout seul, sans pilote. Là non plus, il n'y a aucun autre système de sécurité, ce qui pourrait passer pour de l'amateurisme, venant d'une entreprise qui travaille chez des particuliers ! Ce à quoi le père répond qu'il ne fait confiance qu'à son expérience. N'a-t-il pas déjà fait plusieurs centaines de mètres de silo ? Le lendemain, c'est notre avocat qui me rapporte cela.

Petit rayon de soleil en cette fin d'hiver. L'une de nos génisses, la bien nommée « ILOVEYOU », issue de notre génétique, se classe dans les 10 meilleurs ISU (index de production de Synthèse) de toutes les génisses de sa classe d'âge (0-6 mois) soit 13 500 animaux sur tout le département. Après les contrôles sanitaires obligatoires, elle rejoint un centre d'allotement réservé aux animaux haut de gamme.

Dans le mois suivant, l'expert judiciaire nous demande un maximum de documents qui touchent à la production du troupeau : fiche du contrôle laitier, paye de lait, ration, etc. Je fais le maximum afin de tout rassembler dans les délais et de chiffrer le plus honnêtement possible. Je ne tiens pas à ce que l'on me reproche une estimation des pertes complètement farfelue.

Puis vient la fameuse question sur le dernier sillon ou raie de charrue. L'expert me demande de lui dessiner l'emplacement du dernier sillon par rapport au silo de céréales. Alors, sur toute la longueur du silo, à l'aide de poteaux en fer peint en jaune utilisés pour la réalisation des clôtures, je matérialise la raie de charrue. Le tracé met en évidence la position du silo par rapport à la raie de charrue. Au début du silo, point zéro, le silo déborde légèrement de l'autre côté de la raie de charrue et de la zone travaillée. Une huitaine de mètres plus loin, le silo change de côté et s'éloigne du sillon d'environ 40 centimètres, pour finir en bout de silo, à environ 1,5 mètre de celui-ci.

On peut donc en conclure que l'ensacheuse avait une roue à l'extérieur du sillon, puis en avançant, la roue de la machine est tombée dans le sillon pour finir sa course de l'autre côté. La zone perforée correspond au moment où la machine est tombée dans le sillon faisant pivoter la machine sur elle – même, par rapport au silo qui était en fabrication. De plus, avec une roue tombée dans le sillon, la force de traction devait plus importante de ce côté-ci et l'on peut imaginer que l'ensemble tracteur machine avançait en biais.

À la demande de l'expert, je réalise un croquis. La partie adverse utilise une photo aérienne afin de contredire mes dires, sauf que la photo aérienne confirme ce que j'avance. Sur celle-ci, l'ombre de la raie de charrue se matérialise par un léger trait noir et met en évidence l'implantation du silo qui au fur et à mesure s'éloigne de celle-ci.

Nous avons enfin le droit de parler de ce fameux coup de téléphone. Notre avocat demande le relevé des communications téléphoniques du jour de la réalisation du silo. Dans le mois suivant, le relevé nous est fourni. Il apparait nettement que le matin, alors que j'étais sur la route avec le chargeur utilisé pour le transport du grain, l'entrepreneur m'a téléphoné deux fois, appels auxquels je n'ai pas répondu, puis il a téléphoné une première fois pendant 3 minutes, puis une seconde fois pendant presque 10 minutes. En divisant la longueur du silo/par rapport au temps de travail, soit : 27 mètres de silo facturés en 4,5 heures, soit 6 mètres d'avancement à l'heure, on s'aperçoit qu'au moment où la machine est tombée dans le dernier sillon, 1 heure et demie après le début des travaux, le fils de l'entrepreneur était au téléphone à environ 60 à 70 mètres du chantier, le dos au chantier afin d'avoir une meilleure écoute. La zone fragilisée commence à 7 mètres du début du silo et se termine à environ 10 mètres. Le coup de téléphone a duré 10 minutes, ce qui est prouvé. La longueur de silo étiré, soit 3 mètres, montre que l'absence de surveillance a duré au minimum 30 minutes, dans l'hypothèse où le conducteur de l'ensacheuse part à l'instant où la machine tombe dans la raie de charrue. S'il part avant, ce sont des minutes qui s'ajoutent. En vérité, je pense qu'il est resté beaucoup plus longtemps, au minimum 45 minutes voire 1 heure loin de son poste de surveillance.

À ce moment-là, tout s'explique. Au moment où la machine est tombée dans la raie de charrue, l'entrepreneur était à l'autre bout du champ, pendu au téléphone.

Lorsque Prudence revint chercher sa ration de lait cru, je l'avertis des dernières informations sur notre affaire. Maintenant, tout s'expliquait dans les moindres détails. Nous avions compris le pourquoi du comment. Il en fut de même avec le père François.

– Désormais, avec autant d'éléments, tu seras vite fixé sur ton sort m'assura-t-il. Tu as toutes les preuves en main.

Je pense qu'il était soulagé pour nous. La discussion repartit sur Armand. Il y avait maintenant quinze mois qu'il nous avait quittés et son souvenir était resté intact. La disparition d'Armand l'avait beaucoup plus touché qu'il n'y paraissait, même s'il ne m'en avait jamais parlé ! Avec sa femme Odette, cela faisait deux décès précoces liés au cancer à la ferme des Cinquante Arpents.

– Tu ne trouves pas que cela fait un peu beaucoup, me questionna-t-il ?

Odette, un petit brin de femme un peu ronde, était la bonté même. Elle était réputée très bonne cuisinière. Selon les saisons, sur le plan de travail de la cuisine, il y avait toujours une pile de gaufres en forme de cœur en train de refroidir, une tarte aux fruits déjà entamée, un gâteau de Savoie mielleux et dans le réfrigérateur, un plat rond rempli de mousse au chocolat (sa spécialité).

À 60 ans à peine, un cancer de l'estomac l'emporta en quelques mois. Sa disparition laissa un grand vide auprès de ses petits enfants qui l'adoraient. C'était la mamie gâteau rêvée. Le père François laissa sa maison à la ferme au profit son petit-fils Martin et partit s'installer au bourg.

Désormais seul, le père François regarde beaucoup la télé. Chaque matin, il déjeune en suivant son émission fétiche, où un journaliste questionne un acteur de la classe dirigeante. Au fil du temps, la politique devient son dada, sa raison de vivre, il ne parle que de cela. J'imagine qu'il doit saouler ses proches. Moi qui le vois seulement de temps à autre, à chaque fois, j'ai droit à un cours sur l'Europe, sa mise en place, c'est toute sa jeunesse, son évolution jusqu'à aujourd'hui et les avatars des hommes politiques du moment. Car moi aussi je l'aime cette Europe, enfin je l'ai aimée, au temps où elle était plus humaine : elle m'a permis de voyager et de travailler hors de France.

À la ferme des Cinquante Arpents, le printemps avait été difficile à gérer. Malgré l'arrivée du nouveau tracteur de tête et les journées à rallonge, Martin n'arrivait jamais à faire face en temps et en heure. Le mois de mars avait été très pluvieux et froid comme si l'hiver se prolongeait encore. Ne pouvant accéder au sol trop humide, Martin prit du retard dans les labours, la préparation des sols. Puis, d'un coup en fin d'avril, il se mit à faire très chaud. Là, il fallait encore se dépêcher pour finir les semis. L'excès d'humidité avait compacté les sols, devenus difficile à travailler, maintenant, c'était la sécheresse des premiers centimètres qui compliquait la levée des semis. Seulement 70 % des grains de maïs avait levé. Au final, le potentiel des cultures de printemps était déjà compromis dès le mois de mai.

Totalement absent de la faune locale, le sanglier signe son retour dans notre région. Pour l'instant, les dégâts sont assez limités : quelques arpents de blé et de maïs saccagés, quelques accidents de la circulation avec une voiture. Néanmoins, ce qui est le plus effrayant, c'est que les sangliers se sont réapproprié l'espace rural : ils n'ont plus peur de l'humain et traînent près des exploitations agricoles à la recherche de nourriture. Un vieux mâle solitaire a élu domicile dans un fourré à la sortie du bourg, à moins d'une vingtaine de mètres des dernières maisons. Il est fort probable que les riverains ne se sont jamais aperçu de sa présence. À la tombée du jour, en voiture, plusieurs fois, nous l'avons croisé. Tout au long de l'année, l'on constate la présence de chevreuils. Ils sortent se restaurer à la tombée du jour. Mis à part les risques sanitaires, s'ils sont porteurs de maladies contagieuses, ils sont inoffensifs, car ils se faufilent sous les fils de clôtures électriques, toujours dans les mêmes passages. Ils connaissent parfaitement leur territoire. Beaucoup plus grandes, les biches sautent au-dessus des fils de clôtures en bondissant rapidement, sauf que parfois, dans leur affolement, elles n'ont pas le temps de voir les fils, et alors, elles font beaucoup de casse, il ne reste plus qu'à réparer et remettre en place ceux-ci.

En ce mois de mai 2014, à la ferme, un élément vient troubler nos esprits. Dans une parcelle éloignée du corps de ferme, je laboure en vue de préparer les semis de maïs. Cet hiver, j'avais observé la présence d'une harde de trois biches. À cette saison, je pensais qu'elles avaient rejoint une forêt, mais elles sont toujours présentes sur l'exploitation. Aujourd'hui, cachées dans une haie, elles ont passé la journée, bien au sec sur un chemin de pierre, près d'un abreuvoir. Je les avais repérées.

Dans ce travail avec le tracteur, j'effectue des allers et retours. Peu à peu, je me rapproche de leur cachette. À une bonne trentaine de mètres de celle-ci, apeurées, elles courent, bondissent, sortent rapidement de la parcelle, prennent le chemin qui conduit à la ferme. J'imagine qu'elles ont bifurqué dans l'une des trois entrées de champ, afin de s'enfuir loin du corps de ferme. Mais une heure plus tard, Jeanne m'appelle et m'explique qu'un lot de génisses prêtes à inséminer (poids 400 kilos, elles sont régulièrement pesées) ont quitté la stabulation et leur parcelle. Elles sont sur la route, un automobiliste les ayant stoppées. Stupeur !

En arrivant sur place, je m'aperçois qu'elles ont littéralement tordu une barrière en fer galvanisé. Par sécurité, celle-ci ne peut s'ouvrir que dans un sens. Nous bloquons les génisses dans la stabulation. Toute la nuit je m'interroge sur ce fait.

Le lendemain matin, lorsque je démarre les tracteurs, je surprends les trois biches qui reviennent vers la stabulation et reprennent le chemin qui conduit aux parcelles, en sens inverse. Dans le bois, à l'entrée de la ferme près de la mare, elles ont passé la nuit. Ce qui me surprend, c'est le fait qu'elles n'ont pas cherché à s'enfuir de l'autre côté du bois en traversant la route goudronnée.

Maintenant, je comprends leur circuit. Surprises, en plein jour hier après-midi, elles ont remonté le chemin. Bloquées par les deux grandes barrières à l'entrée de la stabulation, les biches ont alors emprunté le couloir d'alimentation dans un axe nord-sud, des vaches en lactation vers les génisses. Affolées, les génisses qui étaient en train de manger, j'avais apporté dans l'auge leur nourriture quelques minutes auparavant, ont dû s'enfuir en sortant rapidement de la stabulation, et elles n'ont pas eu le temps de tourner vers leur parcelle. Elles ont foncé droit devant, en fonçant dans la barrière. En réfléchissant, je ne suis pas surpris. À mon goût, les biches ne sont pas assez farouches, puisqu'en plein jour, il y a quelques semaines, j'ai pu les observer à moins de 30 mètres des bâtiments d'exploitation. Je les soupçonne même de venir la nuit se nourrir en foin. L'hiver dernier, le matin lorsque nous arrivions dans la stabulation, les vaches effrayées sortaient rapidement de leur logette, courraient et se jetaient dans les barrières qui séparent les différents lots. Il y eut des avortements, des vaches se sont blessées sur le béton. Les génisses apeurées étaient toutes debout, réfugiées dans un coin du bâtiment, alors qu'à cette heure matinale, elles devraient être elles aussi paisiblement couchées dans leur logette. Un jour, l'une d'elles était tellement blessée que j'ai dû l'euthanasier. À cet instant, je me suis posé la question de surveiller les entrées du couloir d'alimentation par des caméras infrarouges. Puis la situation s'est calmée et tout est rentré dans l'ordre. N'étant pas chasseur, je ne connais pas les empreintes laissées par les animaux sauvages. Néanmoins, l'hiver, dans la boue du chemin qui mène aux parcelles, j'ai pu relever des traces d'ongulés jusqu'à la zone empierrée qui entoure tous les silos d'ensilage et aires de stockage. À qui appartenaient-elles, je n'en sais rien ?

L'accident des vaches s'est déroulé un dimanche. On peut imaginer alors que des promeneurs, nombreux à marcher à la belle saison, ou des chasseurs venus compter le gibier en cette période d'avant chasse, ont pu surprendre les biches. Celles -ci ont emprunté le même chemin, affolé les vaches qui consommaient de l'ensilage à l'auge. Alors, les vaches sont sorties précipitamment de la stabulation et sont allées se jeter dans le fil qui protégeait le silo, n'ayant pas eu le temps de tourner vers leur parcelle. Ce qui pourrait expliquer le renversement du lourd plot de béton du début de clôture.

Cette même année 2014, au printemps, chez un autre éleveur de la commune, en plein jour, quelques jours avant que nos génisses défoncent la barrière, un lot de génisses de viande plus nerveuses que des laitières ont traversé une haie, cassant plusieurs rangs de barbelés. Les génisses ont rejoint la ligne de chemin de fer, puis le lot s'est scindé en deux groupes. Le premier a pris la direction du bourg : 2 kilomètres le long de la voie ferrée en service, pour être récupérées tant bien que mal dans une zone artisanale, le second a pris la direction opposée sur les voies, certes désaffectées, pour rejoindre une autre commune, trois bons kilomètres. À l'entrée du bourg, elles sont stoppées sur un rond-point.

Cette même année, un matin de juillet, je retrouve 3 grosses génisses, gestantes, donc théoriquement calmes, errantes autour de la ferme. Grosse inquiétude ! En me rapprochant du lot, je m'aperçois que ce ne sont pas les nôtres. Je prends soin de noter les numéros et je téléphone au supposé propriétaire. Il me confirme que ce sont les siennes. Dans leur errance, les 12 autres génisses se sont promenées sur 5 à 6 kilomètres en pleine nuit, ont traversé par deux fois une ligne de chemin de fer en service, une fois à l'aller : pour venir chez nous, une fois au retour, puis ont traversé une route départementale assez fréquentée. Deux heures plus tard, notre voisin va les retrouver sur la pelouse du parking du cimetière, à la sortie du bourg. Sans commentaire !

Avec les vêlages de fin de printemps et début d'été, nous allons faire consommer la partie restante du silo de céréale. Le triticale est bien conservé, rien à redire. Patiemment, nous attendons la réponse de l'expert. Cela ne devrait pas être long puisque maintenant nous avons tous les éléments en main.

Juché dans le chargeur avant du tracteur, je prends des photos. Je n'avais jamais autant remarqué que le silo pouvait être aussi tordu. Au lieu d'être une ligne droite régulière, il ressemble à une virgule. Le prix du lait commence à baisser sérieusement. Dommage, les animaux démarrent une nouvelle lactation et la production semble au rendez-vous.

À la ferme des Cinquante Arpents, Martin a mieux négocié le travail du printemps et de l'été. Tout est à jour, ce qui fait la fierté du père François, hormis au mois de juin où de puissants orages avaient couché les orges presque mûres et raviné les terres cultivées. Une fois de plus, cet excès d'eau avait tassé le sol et bloqué la croissance de la végétation. En juillet et aout, le temps chaud et sec facilita les moissons.

En ce début de mois de septembre lors de sa visite, comme pour Prudence qui elle aussi s'informe, je lui signale que nous n'avons toujours pas l'ombre d'un prérapport. Par un courrier de notre avocat, nous apprenons que l'expert judiciaire a négocié un délai supplémentaire de 5 mois ; soit décembre 2014, afin de fignoler ses conclusions, délai que lui a accordé Madame la Juge.

La partie adverse passe son temps à mettre en doute tous les éléments que nous développons. Nous sommes accusés d'avoir falsifié les inventaires animaux, rajout d'animaux morts, comme si j'avais ramassé tous les animaux crevés du secteur. J'avais autre chose à faire, vraiment du grand n'importe quoi, fausse déclaration sur le sexe de mes animaux, les trois mères à taureaux sont devenues des taureaux, comme si j'avais mis trois taureaux dans un lot de vaches. À la ferme, nous n'avons pas de taureaux : nos résultats reproductions sont largement supérieurs à la moyenne départementale, de plus, la manipulation de ce genre d'animaux est relativement dangereuse, erreur de calcul dans les coûts alimentaires… Elle invente même des causes de mortalité liées à des infections bénignes, alors que nous sommes plutôt un élevage sérieux puisque nous vendons très régulièrement des femelles reproductrices en France et à l'exportation, donc notre élevage est très contrôlé. C'est de bonne guerre, mais cela ne sert strictement à rien.

Par le passé, la chargée de clientèle au niveau régional m'a déjà expliqué que les deux services d'assistance juridique de la mutuelle d'assurance siégeaient dans le même immeuble, au même étage, dans le même couloir, autant dire des collègues de bureau… Aujourd'hui, lassé d'avoir toujours à répliquer à chaque allégation, je me dois de justifier chaque détail, de répondre à des questions idiotes qui n'ont aucun rapport avec l'accident, lorsque l'on ne me fait pas passer pour un vulgaire tricheur, je me permets de joindre celle-ci. Je lui explique donc que je ne comprends pas que l'on puisse encore défendre ce genre d'individu, au vu du niveau des échanges, je la soupçonne même de fricoter avec l'ennemi.

– Dîtes à la partie adverse, oui vos collègues du bureau d'à côté, que vos questions idiotes ne servent strictement à rien…

– Je ne les ai pas vus ce matin.

– C'est ce que je pense ; vous fricotez dans mon dos !

– Mais non Monsieur ! Qu'est-ce que vous croyez ? Nos services sont bien différenciés. Chacun défend son dossier. Cette situation où la même compagnie d'assurance est en opposition sur une même affaire juridique est extrêmement contrôlée.

– J'ai des doutes.

– Qu'est-ce qui vous fait dire cela ?

– D'une façon ou d'une autre, c'est la même mutuelle qui va payer. Autant que ça lui coûte le moins cher possible.

– Non, ce n'est pas vrai…

– Alors, prouvez-le-moi !

Suite à ce vif échange, nous n'aurons plus aucun contact. La source des questions va se tarir brutalement, visiblement sans aucune autre raison. Plus aucun courrier. Rien de rien, même pas une dernière petite question.

Les mois passent, les saisons, Prudence et le père François m'interrogent :

– Alors ?

– Ben, rien de nouveau ! Aucune réponse !

Février 2015. Soit un an après la confrontation demandée par Madame la Juge, toujours pas l'ombre d'un prérapport de l'expert judiciaire. J'apprendrai par notre avocat que celui-ci a demandé quelques mois supplémentaires.

Avril 2015. Notre conseil regrette le délai relativement long accordé. Il n'a reçu strictement aucune observation que ce soit de la part de la part de l'adversaire ou que ce soit de l'expert. D'un caractère optimiste, j'imagine que Monsieur l'expert a choisi cette option afin d'avoir toutes les données des années avant et après le sinistre et pouvoir ainsi comparer.

Juillet 2015. Par courrier, notre conseil nous indique encore :

– Si effectivement, comme indiqué dans le cadre de ma correspondance du 28 avril, le Juge chargé de suivre les opérations d'expertise avait prorogé le délai de dépôt de rapport au 1er juin, je n'ai reçu de l'expert judiciaire strictement aucun prérapport ou rapport.

Dès lors, j'interroge le Juge chargé de suivre les opérations qu'il entend donner dans la mesure où l'expert judiciaire n'a en aucune façon mentionné de difficulté particulière qui lui causerait problème.

Je ne sais si le Juge donnera injonction à l'expert judiciaire ou désignera un nouvel expert judiciaire.

Évidemment qu'il ne reçoit plus rien, je n'ose lui avouer ma prise de bec avec la chargée de clientèle.... Quelques jours plus tard, nous apprenons que l'expert a encore négocié un dernier délai supplémentaire, soit, rendre sa copie pour le 10 décembre 2015, sinon, un nouvel expert risque d'être nommé.

Après l'obtention de son Bac Professionnel, Prudence continue vers un BTS. Lorsque son temps libre le lui permet, elle passe à la ferme et vient aux nouvelles. Chaque été, elle tient absolument à nous remplacer une bonne semaine. Lorsqu'elle s'éloigne trop, géographiquement, les nouvelles technologies de communication font que nous sommes toujours en contact par SMS. Elle suit l'exploitation à distance, je suis l'évolution de son parcours. À l'automne, elle poursuit sa scolarité en intégrant une école de fromager dans l'est de la France. Sa formation pratique se fera dans un élevage laitier de montbéliarde dans l'est de la France. Elle compte y apprendre de nouvelles techniques de travail. Cet été, sûre de son choix, elle a tenu à nous présenter son copain Romain.

Automne 2015. La crise laitière est installée depuis un an. Pourtant pas un agriculteur ne montre sa détresse. Le monde agricole est un monde de taiseux. Souvent isolés, endettés, de très faibles revenus par rapport à l'importante charge de travail, peu reconnus au regard de la société, (souvent accusés de toutes les pollutions inimaginables), les agriculteurs portent en eux le poids de la responsabilité en cas d'échec de leur entreprise. Pour certains, n'ont-ils pas rompu la chaine de transmission du patrimoine hérité de leurs ascendants ? Et parfois, c'est le drame lors d'un suicide.

C'est un article dans les journaux qui m'invite à m'intéresser au drame du suicide dans le monde agricole. Un maraîcher breton a l'idée de planter 600 croix sur le parvis de la basilique de Sainte-Anne d'Auray. 600 croix qui représentent 600 vies, arrachées au monde paysan, 600 drames familiaux avec les familles effondrées qui avouent humblement qu'elles n'ont rien vu venir. 600, c'est le chiffre que ce monsieur a estimé après renseignements pris auprès de la (Mutualité Sociale Agricole). Quel que soit le nombre retenu, puisque personne n'est d'accord sur le chiffre exact, depuis les années 1960, toutes les études montrent que les agriculteurs sont la catégorie socioprofessionnelle la plus touchée par ce drame avec 20 à 30 % de suicides en plus que les autres corps de métier.

Dans son homélie, devant 1500 personnes, Monseigneur Centène, évêque de Vannes, a lancé un vibrant appel pour : « que l'homme soit placé au cœur du système économique et non la finance. Derrière chaque croix, il y a une vie brisée parfois dans la floraison de l'âge, la souffrance d'une famille en pleurs qui se croit coupable de n'avoir pas su détecter les signes. »

Puis Monseigneur l'évêque a inauguré et baptisé une stèle en granit pour les agriculteurs. (Source le quotidien Ouest-France)

Je prends contact avec ce Monsieur, lui qui s'intéresse de près à la misère agricole. Il a peut-être en tête des cas similaires au nôtre, des cas qui ont fini en drame ! Je lui raconte notre histoire qui n'en finit pas. D'emblée, il m'affirme que la mutuelle d'assurance va chercher par tous les moyens à nous décourager en laissant pourrir l'affaire, tranquillement, sans bruit. Il m'invite à donner un ultimatum auprès des instances dirigeantes, avec la menace de tout raconter dans la presse.

Je ne suis pas prêt à ce genre de combat. J'ai encore l'espoir que l'affaire se négocie dans les règles de l'art. Néanmoins, je garde l'idée dans un coin de mon crâne. Dans notre combat, toutes les idées sont bonnes à prendre.

Et la crise s'intensifie. Depuis un an nous produisons à perte, les trésoreries se dégradent. La campagne Bretonne s'enflamme avec des manifestations monstres et bruyantes. Petit à petit, je commence à admettre que la compagnie d'assurance qui porte pourtant le nom de mutuelle nous laisse crever tranquillement.

À la ferme, la production laitière est bien repartie à la hausse. Après son séjour en station de donneuse d'embryon, notre bien-nommée « ILOVEYOU » est de retour à la maison. Contrairement à sa grand-mère « Rockette », grosse productrice, très fertile, ILOVEYOU s'avère une piètre donneuse, avec malheureusement peu d'embryons viables à chaque prélèvement. Néanmoins, sur les 2900 veaux que le centre d'insémination fait naître, 2 mâles très bien indexés sont retenus. Leur vente va apporter un peu de trésorerie. Les biches, je ne les ai pas revues. Par contre, nos chevreuils sont toujours là, dans la même parcelle, deux troupes de trois animaux se tiennent éloignées l'une de l'autre, à chacune son extrémité. Est-ce les mêmes ? Je n'en sais rien ? Les sangliers sont plus nombreux, une harde d'une vingtaine d'animaux a élu domicile dans une culture de « Miscanthus » (appelé aussi herbe à éléphant) à quelques kilomètres de notre exploitation. Les sorties nocturnes dans les parcelles avoisinantes ressemblent plus à une razzia qu'à une honorable cueillette. Les dégâts plus importants : les cultures sont labourées. Carrément ! Chez nous, en plein jour, en trottinant, un vieux mâle solitaire s'est approché à moins d'une trentaine de mètres des bâtiments d'élevage. Je n'ai pas eu le temps de le prendre en photo. J'aurai eu une preuve, mais à quoi bon, puisque personne ne nous écoute !

Décembre 2015.

Comme tous les ans, notre chargée de clientèle assurance nous rend visite afin d'optimiser nos contrats. Pour la première fois, je me permets de lui parler de notre accident d'élevage. Elle devient mal à l'aise.

Premier reproche : depuis le début l'histoire ; soit été 2013, elle n'a jamais pris de nos nouvelles, de la santé financière de notre entreprise, alors que sa concurrente, chargée de clientèle bancaire, dans les mois qui ont suivi l'accident, prenait régulièrement de nos nouvelles, ne serait-ce qu'un simple coup de fil. À aucun moment, nous ne lui avons demandé de prendre parti pour l'un ou l'autre des protagonistes. Pourtant nos cotisations toujours réglées en temps et en heure… depuis 30 ans !

Deuxième reproche : je lui explique brièvement la situation, lui parle du coup de fil de 10 minutes, de la non-surveillance du matériel attelé. Je lui fais comprendre que cette même personne, sur la route, au volant d'un puissant tracteur, serait capable de téléphoner pendant dix minutes. Dans mon exemple, il tue l'un de ses enfants qui se promenait tranquillement en vélo.

Elle me répond :

– Il y a faute.

– Mais pourquoi continuez-vous à défendre ce genre de comportement irresponsable ?

Elle ne me répond pas, devient rouge écarlate… visiblement mal à l'aise.

Le rendez-vous à la maison s'arrête là.

Cet hiver, Prudence et Romain sont revenus nous rendre visite. Elle nous raconte sa scolarité, les nouvelles technologies qu'elle a mises en pratique dans la ferme qui l'accueillait au pays des comté et morbier. Au printemps, son stage à l'étranger se déroulera au Danemark, dans la province du Jutland du Nord. La ferme des Martinssin, un élevage de rouge Danoise, fabrique des danablu et autre tybo fermier.

Ensemble, nous évoquons leur avenir commun. Près d'ici, la ferme des Grands Bois sera libre dans quelques années. C'est une exploitation de taille moyenne, qui a gardé son charme d'antan, avec ses haies bocagères. C'est la bonne dimension s'ils veulent créer un atelier de transformation. Je leur conseille d'aller postuler auprès des exploitants qui sont aussi propriétaires ; M. et Mme Charles Duchemin. Les « chasseurs de prime » ne vont pas tarder à tournoyer autour de leur proie. Toutes les excuses seront bonnes s'ils veulent s'accaparer cette ferme. Alors pour les plus proches voisins, il suffira d'araser une haie ou deux et agrandir ainsi leurs parcelles existantes. Les pâtures qui ne nécessitent aucun traitement chimique et qui fixe les éléments minéraux de sol disparaitront, laissant place aux cultures de vente, certes moins gourmandes en main-d'œuvre, mais qui elles, au contraire, réclament des traitements chimiques et laissent partir les éléments minéraux dans le plus proche ruisseau.

Trois jours plus tard, Prudence m'envoie un SMS :

– Pour la ferme des Grands Bois, trop tard, il y a au moins cinq prétendants, avec un smiley qui pleure !

Je lui réponds :

– Tant qu'il y a de la vie, il y a de l'espoir ! Avec plusieurs smileys qui sourient !

Dans les moments d'insomnie, des souvenirs d'enfance me reviennent à l'esprit.

Mon enfance, c'est la fin des années 60. Il y a maintenant 20 ans que la Seconde Guerre mondiale a pris fin. Les esprits sont apaisés. S'il reste encore des quelques rancunes – nos parents nous ont interdit de parler à M. X ou Y – aujourd'hui, la population aspire à vivre en paix.

Dans nos communes rurales, c'est une multitude de petites fermes qui tapissent la campagne. En semaine, les jeunes filles, les femmes et les hommes, souvent issus des fermes du voisinage, travaillent dur à l'usine du bourg, dans le textile ou « la godasse ». Les patrons les recrutent directement à 14 ans, à la sortie de l'école communale

Le week-end est un moment de détente. Un accordéon et voilà que l'on danse. J'ai toujours en tête ce souvenir familial, maintes et maintes fois raconté, où, lors du mariage d'un proche, dans le grenier de la maison parentale, l'on dansa toute la nuit. Plusieurs fois centenaires, les poutres et le plancher en chêne vibraient au rythme des polkas et « avant-deux » régionale. Et des fêtes, il y en a, bals, fêtes religieuses, laïques et les très nombreux mariages se succèdent. Tout est prétexte à s'amuser, à oublier les moments douloureux, les privations que la population a vécues.

Avec la fantastique comédie « La grande vadrouille » interprétée à l'écran par le tandem ; Bourvil et de Funès, la guerre peut enfin prêter à rire.

Travail, musique, insouciance, la vraie vie quoi !

Le rêve d'une vie meilleure, c'est aussi ce que nous ont apporté les G I à la libération : Rock and roll, modernité, liberté, se faire à l'idée qu'il n'y a pas de limite. No limit à qui croit en ses rêves, que rien n'entraverait le développement économique. C'est sur la côte ouest des États-Unis, en Californie, plus précisément, pays des rêves les plus fous depuis la ruée vers l'or, que cette idée est la plus répandue.

La Californie cultive l'image d'un état où la vie est facile, le climat paradisiaque. Les chansons populaires de l'époque ; « California Dream, Do You know the Way to San José, San Francisco et autres mélodies sucrées des Beach Boy confirment cette image idyllique.

La Californie, lieu de naissance de toutes les tendances modernes : idées, technologie, voit aussi l'apparition de la contestation étudiante contre la guerre au Vietnam, puis c'est le mouvement Hippie. En 1967, cette tendance atteint alors son paroxysme dans le Summer of love à San Francisco.

De cette Californie, c'est aussi un déferlement de dessins animés, Tom et Jerry, Bugs Bunny…, de séries familiales ; Ma sorcière bien-aimée, Daktari, Flipper le dauphin… policières ; Columbo, Mannix, l'homme de fer, de western ; Le Virginien, Ranch L, Le grand Chaparal, de films avec un héros viril, redresseur de torts, incarnation à l'écran d'une Amérique conquérante, invincible, qui s'abattent sur la bonne vieille Europe. Et c'est peut-être les « réclames », terme de l'époque qui désigne la publicité moderne, qui vont avoir le plus d'influence sur les têtes blondes Européennes, qui, les yeux rivés à l'écran, la main dans un paquet de pop-corn ou une glace dégoulinante aux lèvres, regardent, extasiés, tout ce qui défile à l'écran. Alors, qui n'a pas rêvé de fouler les rues de Los Angeles, d'emprunter le pont du « Golden Gate », à San Francisco, de sauter dans un « Cable cars » (tramways à câble) en marche dans cette même ville et de surfer dans le Pacifique, plus précisément dans la baie qui s'étend de San Francisco à Santa Cruz, paradis des surfeurs ? Qui n'a pas envisagé de réaliser sa vie dans un tel paradis ?

Nous venons d'entrer dans une nouvelle ère, ou plutôt nous venons d'être sympathiquement guidés vers une nouvelle ère, celle de la société de consommation, avec les conséquences que nous ignorions à ce moment-là : l'utilisation massive des ressources naturelles et la dégradation de l'environnement. Finie la visite à la ferme du marchand ambulant, avec son épicerie qui tient dans la caisse arrière de son fourgon Citroën type H, le même que celui de Louis la brocante, dans la série télévisée du même nom, nous allons enfin connaitre les immenses parkings, les lumineuses façades des grandes enseignes, la joie de jouer avec les chariots, les escalators, les pubs qui nous invitent dans un monde idéal, où nous pourrons dénicher le produit rêvé, lové dans des longueurs de linéaire toujours plus impressionnantes. Fini les cris du cochon que l'on assomme d'un coup de masse, saigné d'un vif coup de couteau dans la carotide, pendu sur une échelle adossée au mur, coupé en deux, en deux temps trois mouvements et en quelques heures, débité en rôtis, saucisses, pâtés, jambons… moment convivial où toute la famille se réunit. Fini le petit commerce de proximité, des œufs, du beurre, des poulets, des lapins, car chaque fermière bichonne sa propre clientèle au bourg voisin. Finis les repas sans saveur, monotones, à base de soupe aux choux, de haricots blancs, de pommes de terre cuites à l'eau qui reviennent sur la table à chaque repas, chaque jour et qui finissent par en devenir écœurants. Nous allons enfin connaître une multitude de plats succulents qui ne demandent qu'à exciter nos papilles.

Mais surtout, nous allons être incités à consommer, consommer, faire tourner la machine économique, par n'importe quel moyen. Alors, toutes les idées sont bonnes à prendre. Consommez et vous paierez plus tard, telle est la devise du crédit à la consommation, créé dans les années 1920, mais qui se développent surtout dans les années 1950, par l'intermédiaire des banques. Ainsi, tous les moyens sont mis en œuvre afin de favoriser ce nouveau désir de la société. Si les plus accros ont quasiment été biberonnés au poste de télévision, tous les Européens, de toutes les tendances, du hippie au cadre huppé, ont à un moment où à un autre été influencés par la culture Américaine.

En Europe, le baby-boom amorcé au lendemain de la guerre bat son plein. Dans cet esprit de renouveau où tout est à construire, les usines poussent à vive allure. Avec le départ en retraite de nombreux petits agriculteurs, les fermes s'agrandissent à tout va. L'agriculture se modernise. C'est l'Europe économique, suite à la création de la CEE en 1957, qui est en marche. Les fondateurs de l'Union Européenne avaient à cœur de servir leurs concitoyens, faire redémarrer l'activité économique coûte que coûte, tels étaient leurs crédos : à l'image des 2 CV, R4 ou la coccinelle de Volkswagen, des voitures populaires, bon marché, faciles d'entretien, construites pour le plus grand nombre de citoyens. Avec les pertes humaines et matérielles durant la guerre, l'humain est le centre des préoccupations de ces visionnaires.

Les Allemands sont là ! 25 ans après la fin de la guerre, toute la commune est en émoi. Ces Allemands, ce ne sont pas de jeunes soldats blonds dans leur tenue d'un « vert bouteille » : non, ces Allemands sont ceux de Germaringen, petite bourgade Bavaroise qui vient de se jumeler avec la nôtre. Sitôt leur arrivée, les familles se répartissent nos « jumeaux », pas question qu'ils couchent à l'hôtel de la gare. Et rien que pour eux, nous avons préparé le meilleur : la plus confortable chambre à coucher, le plus copieux petit déjeuner avec de la confiture maison, de la brioche moelleuse, même papa va déboucher ses grands crus. Après le discours des officiels et tout leur bla-bla-bla, le dépôt de fleurs devant le monument aux morts, nos hôtes offrent leur présent. Ils ont apporté avec eux leur précieux breuvage à savoir une bière blonde, tout en rondeur en bouche. L'après-midi est consacré à une visite touristique. Le soir, ils enfilent leurs plus beaux habits traditionnels, à savoir un « lederhosen » en cuir pour les hommes et une très jolie « dirdl » pour mesdames, et maintenant, place à la danse ! Quand je les vois, sourire aux lèvres, investir la piste de danse, frapper le sol d'un rapide mouvement du talon, sautiller en formant des boucles, des rondes, vite rejointes par leurs partenaires, défier et inviter nos propres danseurs à les rejoindre, alors là, je me dis que les précurseurs de l'Europe ont réussi. Avec le développement économique, les liens d'amitié tissés entre les peuples autrefois ennemis jurés restent la plus grande belle réussite de l'aventure européenne.

Se souvenant des disettes des années de guerre, sous après sous, les adultes placent à la banque leurs maigres économies. Des rêves plein la tête, cette jeune population issue du baby boum, arrive sur le marché du travail et de la grande consommation. Elle aspire à vivre une autre vie que celle rustre des parents. Les mutuelles d'assurances et bancaires se développent à la vitesse grand V, avec la multitude de biens à assurer et à financer : voitures, maisons… Un seul mot d'ordre : tout mettre en place afin de relancer l'économie. Dans ce monde en pleine mutation, chacun a sa place. Même le simple d'esprit a son emploi à l'usine du village. Je me souviens qu'enfant, avec maman, nous allions payer les cotisations d'assurance directement chez le chargé de clientèle, la table de la cuisine servait de bureau. Quelques mots sur le devenir des enfants, des nouvelles sur les proches, un café et hop, nous revenions à la maison dans la 4 L familiale !

Au début des années 1980, terminée la croissance à tout va. Nous sommes arrivés dans un cycle de renouvellement des biens. Garantir le bien-être de chacun n'est plus la priorité. Au village, les usines sont contraintes de s'adapter rapidement aux nouveaux marchés ou de disparaitre, purement et simplement. Par regroupements successifs, les agences des mutuelles d'assurances et bancaires s'éloignent de leur clientèle de base. La croissance de leur chiffre d'affaires donne le vertige. C'est le début timide sur la scène mondiale.

Dans les années 2000, la situation a encore changé. Oubliées les petites gens qui plaçaient leurs maigres économies dans l'espoir que ces mutuelles financent l'investissement chez eux, dans leur région, dans leur pays. Ces mutuelles d'assurance et bancaires jouent dans la cour des grands. Aux quatre coins du monde, elles ont pignon sur rue. Elles voient tout en grand et sont devenues des monstres financiers qu'il faut rassasier et qui asservissent leurs sociétaires. Leur rôle n'est plus de faire tourner l'économie régionale, mais de faire du fric n'importe où dans le monde, par n'importe quel moyen. Faire du fric, se gaver de fric. Par leur chiffre d'affaires, le moindre pourcentage de profit engendre des sommes colossales de bénéfice qui donnent le vertige, les rend aveugles, dépendants, les coupent du monde réel. Une vraie drogue ! L'humain n'a plus sa place. Des zones rurales entières sont complètement délaissées de tout investissement, négligées par la république elle-même.

Par leur attitude, elles ont totalement oublié les efforts consentis par toute cette population rurale, travailleuse, je dirai même besogneuse, car pauvre et mal récompensée de son activité, mais tellement fière d'avoir su relever les défis de la productivité.

Aujourd'hui, le Français moyen ne meurt plus de faim et peut se nourrir avec un budget relativement faible. Dans les années 1960, l'alimentation était le plus gros poste de dépense des ménages, autour de 35 %. Aujourd'hui, dans les années 2015, ce poste tourne autour de 20 %. Importatrice de denrées agricoles les plus élémentaires avant la guerre 39-45, l'Europe agricole est devenue excédentaire en toutes productions. Quelle belle réussite ! Quelle fierté devrait arborer aujourd'hui la population agricole ! Car, lorsque j'étais gamin, un simple gamin de famille modeste, cette fierté, je l'ai vue dans le regard de mes parents, des voisins, de tout ce monde rural, dans cette ambiance faite de courage et abnégation. Ils n'avaient pas peur de retrousser leurs manches ! Avec fierté, eux aussi participaient activement à la construction de l'Europe, d'une Europe havre de paix où dorénavant, l'on ne mourrait plus de faim. Sacrée victoire sur le destin !

Au vu de ce qu'est devenu leur bébé, les fondateurs de ces organismes doivent se retourner dans leur tombe. Pour les 20-30-50 prochaines années, mis à part tenter de faire de colossaux bénéfices, quel fil conducteur guide les réflexions d'investissement et de recherches de ces mutuelles ? J'aimerais le connaître ?

Pourtant, il y a tant à faire : réchauffement climatique avec ses dramatiques conséquences, protection de l'eau, lutte contre la pollution. Et là, le coût financier risque d'être astronomique.

Le 21 décembre 2015, soit 22 mois après la confrontation, nous recevons le prérapport. Un silo de céréale correspond à une année de besoin en énergie du troupeau. Nous avions interdiction d'y toucher avant l'expertise judiciaire, nous l'avons donc terminé début octobre 2014. Au bout de 22 mois, il est évident que le silo a été consommé depuis un an déjà. L'arrivée tardive d'un tel rapport pose d'emblée un problème de taille. En cas de désaccord avec ledit rapport, il nous sera impossible de prouver quoi que ce soit, puisque les preuves auront disparu. Heureusement pour nous, au fil des saisons, j'ai photographié ledit silo litigieux !

Dans un premier temps, l'expert judiciaire rappelle les faits dans l'ordre chronologique.

– « L'ouverture du boudin ». Si le début du rapport est bien rédigé, il oublie un détail important : le fait de dire que lors de la prestation de broyage, le silo était déjà fragilisé (bande grise) et ce, sur au moins 10 % de la longueur totale et si l'on rajoute la partie où le silo s'est fendillé, cela fait au moins 30 %. Ce qui est d'autant plus gênant que quelques lignes plus loin, il affirme que les vaches ont ouvert le silo en plusieurs points et qu'elles ont consommé du triticale en grande quantité. Les vaches n'ont pas ouvert le silo, elles se sont servies là où c'était le plus facile, puisqu'il n'y a pas d'autres trous. Sous la pression, le triticale qui s'écoulait au travers les perforations a attiré les vaches. Pour moi, cela fait une grande différence !

– « La surtension de la bâche ». Il en est de même pour les mesures de témoins : dans le début du silo, ce monsieur trouve des mesures normales soit 44 cm avec des trous importants. Sur la fin, il trouve 47,5 cm donc en surpression et il constate que la bâche est en bon état. Cela prête vraiment à confusion.

Lors de la première expertise, au lendemain de l'accident, d'un bout à l'autre, le silo était en surpression, avec des chiffrages beaucoup plus élevés, 48 cm sur toute la longueur.

Nous faisons l'objet de quelques reproches.

Un emplacement mal choisi pour le silo boudin.

– « L'emplacement du silo ». En 2011, nous avions fait un silo boudin exactement au même endroit, silo boudin réalisé sans aucun défaut. Dans la parcelle, les vaches ont pâturé juste à côté sans problème.

Aujourd'hui, l'expert me reproche le choix de l'emplacement du silo, alors que ce n'est pas la première fois que le silo est réalisé à cet endroit. De plus, c'est le retard dans la construction d'un hangar à fourrage qui m'a contraint à faire le silo dans cette pâture. Je devais laisser suffisamment de place afin que le constructeur puisse travailler sans être gêné. Tout cela, je l'ai déjà dit et expliqué à Monsieur l'expert le jour de la visite. Ensemble, nous sommes allés voir l'emplacement du futur hangar en construction, lieu où l'an passé le silo était réalisé. Au bout de deux ans, aurait-il oublié ce détail ? Personne ne m'a jamais fait le moindre reproche. Idem pour la clôture que l'expert juge insuffisante, puisque j'ai toujours dit et redit que j'avais commencé une seconde clôture au plus près du silo. Sur les photos, l'on peut voir que les poteaux sont déjà posés et que malheureusement, je n'ai pas eu le temps de finir. Je devais continuer le lundi.

Dans un premier temps, nous avions soupçonné une vache en œstrus. Mais avec les nouveaux éléments qui se sont déroulés depuis, nos soupçons se portent sur la présence d'animaux sauvages. Entre les chevreuils, les biches, les sangliers, qui remontent des champs vers la ferme, il y a forcément un élément extérieur qui a apeuré nos animaux. En trente ans de carrière, je n'ai jamais vu un plot de béton de 170 kg, délibérément renversé par les vaches. Mes simples poteaux avec un tube scellé dans un pneu de voiture, beaucoup plus léger, jamais je n'en ai vu un seul déplacé. Ce jour-là, il y aurait eu 5 fils de clôture, le résultat aurait probablement été le même ! Aucune barrière, même en fer galvanisé, n'arrête des animaux effrayés.

L'entrepreneur fait lui aussi l'objet de reproches.

Une zone de chantier mal préparée.

Monsieur l'expert reproche à l'entrepreneur de ne pas avoir été attentif à la raie de charrue qui était bien visible.

Un manque d'attention du conducteur pendant la réalisation du chantier.

Monsieur L'expert résume bien le déroulement probable du chantier. Il cite :

– Les informations données par les parties et les observations le jour de l'expertise sont concordantes et nous permettent d'affirmer que

– la qualité de la bâche n'est pas mise en cause.

– la réalisation du boudin n'a pas été parfaite… entraînant une fragilisation du film plastique

– cet incident s'est produit alors que le conducteur de travaux était au téléphone...

Pour moi, c'est le point le plus important.

Maintenant que l'on sait que l'entrepreneur s'est absenté pendant au moins trente minutes de son poste de surveillance, quel patron sérieux peut ainsi laisser tourner un tracteur à plein régime, un tracteur qui entraîne par prise de force un broyeur, qui va s'avérer en surpression ? Il y a là un très sérieux manque de sécurité. Pendant les 30 minutes au minimum de son absence, si un élément extérieur était apparu : un gamin, une panne, un corps étranger qui bloque le broyeur. COMMENT AURAIS–JE FAIT, POUR ARRÊTER UN TRACTEUR QUE JE NE CONNAIS PAS ?

Nous sommes maîtres de stage et nos stagiaires n'ont souvent que 15-16 ans lorsqu'ils démarrent leur stage. Il ne me viendrait pas à l'esprit, de laisser du matériel tourner sans surveillance. Avec du matériel animé, je ne laisse JAMAIS un jeune seul dans un champ, je suis toujours à ses côtés. Les jeunes que nous accueillons en formation ont L'ORDRE IMPÉRATIF d'arrêter tout matériel en cas de bourrage, panne ou autres. Pas question d'y laisser une main, un bras, une jambe ou le bonhomme en entier. À chaque nouveau stagiaire, nouvelle demande de dérogation d'utilisation du matériel. Il y a une semaine, je viens de remplir le formulaire de dérogation aux travaux interdits pour les jeunes en formation âgés d'au moins 15 ans et de moins de 18 ans. Quand je vois la précision dans l'évolution de l'utilisation des outils selon la dangerosité que le jeune peut manipuler en rapport à son âge, c'est carré. On nous demande même l'identification des machines ; type d'équipement, marque, modèle et référence, état général. Avec l'inspection du travail, ça ne rigole pas !

Par mes responsabilités au sein du conseil d'administration de la coopérative laitière, je suis amené à visiter les sites de transformation. En arrivant sur les lieux, la première image que l'on voit, c'est le panneau lumineux qui indique le nombre de jours sans accident de travail. Puis, pour compléter, dans la présentation de l'usine, les premiers graphiques mis en valeur indiquent la tendance du nombre d'accidents par millions d'heures travaillées. Il y a même les consignes à réaliser en cas d'accident, les débriefings à chaud, afin de comprendre ce qui s'est passé et surtout éviter que cela ne recommence. Les trois grands principes de base sont : former, sensibiliser, simplifier. Chacun sait que les gestes répétitifs peuvent induire plus de fatigue, plus de négligence et donc plus de risque d'accident.

Et là, chez nous, nous en sommes à abandonner un matériel avec une prise de force en mouvement. Abandonner son poste de travail pour aller téléphoner. Visiblement, nous ne vivons pas dans le même monde… Nous ne donnons pas la même valeur à l'être humain.

L'expert reconnait bien que c'est l'excès de consommation de concentré qui a entraîné la mort de plusieurs d'entre eux par acidose. De plus, il considère que nous sommes plutôt un bon élevage, avec des animaux bien nourris. Il y a peu de pertes. Sur l'année étudiée, il n'y a pas de mort d'animaux adultes. Les soins apportés lors de l'accident se révèlent être les bons.

Dans sa conclusion, l'expert nous reproche la mise en place d'une clôture électrique qui selon lui est très insuffisante pour assurer la protection du silo. Les bovins n'ont pas été correctement contenus et ont eu fortuitement accès aux abords du silo boudin.

C'est le dernier paragraphe qui donne le ton. L'expert indique que même si le silo avait été parfaitement réalisé, sans aucun accroc, il n'aurait pas résisté à une quarantaine de bovins en divagation.

Quelques mois plus tard, j'ai réalisé un essai grandeur nature. J'ai mis du tourteau de soja (aliment très appétent) dans des sacs en plastique que j'ai bien refermés. Je les ai laissés au hasard dans la stabulation. Les vaches ont reniflé, puis léché les sacs et s'en sont désintéressées assez rapidement. Il a fallu que je perce moi-même ces derniers pour qu'elles commencent à vraiment à essayer d'agrandir les trous.

Je suis en désaccord avec cette affirmation. Les différentes photos le prouvent, les animaux n'ont consommé du concentré aux seuls endroits où la bâche est fragilisée. Le reste est absolument intact. Nous avons utilisé le triticale pendant plus d'un an après sa réalisation.

Monsieur l'expert minimise les responsabilités de l'entrepreneur. Il parle de désordres mineurs en parlant de la zone fragilisée, alors que cela représente 10 % du travail fourni. Maintenant, il a complètement oublié de parler de la surpression du silo, à l'origine de l'éclatement de la bâche, alors que quelques pages plus tôt, il avait reconnu qu'après l'accident, dans les semaines qui ont suivi, la bâche continuait de se fendiller, ce qui représente les autres 20 % de malfaçon.

Pour lui, pas de doutes, c'est la clôture électrique qui s'est révélée insuffisante ou défectueuse. Quant à l'estimation du préjudice, le montant a été raboté de 35 %, alors que les données que j'avais fournies sur plusieurs années étaient cohérentes. Il nous est reproché notamment :

– Rien ne prouve que l'éleveur aurait fait son quota de production.

Nous avons toujours fait plus que notre quota, sauf cette année-là.

– Quant à la valeur des animaux, nous allons prendre le prix d'achat, ce sera plus simple et moins sujet à discussion. Il nous fallait traire rapidement, alors, nous avons pris le premier troupeau que nous avons trouvé. Un point, c'est tout, sans se préoccuper de la valeur génétique.

Il est évident qu'avec un tel prérapport, nous allons droit dans le mur.

Dans les jours suivants, je tenais à apporter certaines observations complémentaires ; construction des plots de béton pour le hangar à l'emplacement initial du silo, les percements déjà existants sur la bâche qui ont attiré les bovins et permis leur libre consommation de triticale, le caractère exceptionnel de la bousculade. J'envoie le tout à notre avocat, avec les données comptables des deux années post accident où nous avons retrouvé notre production ainsi que d'autres éléments, vente de veaux reproducteurs, etc., etc.

Rien n'y fait. Monsieur l'expert ne changera ni un mot ni une virgule de son prérapport. À ce rythme-là, nous allons tout droit à la faillite.

Pour la première fois depuis quasiment deux ans, je contacte la chargée de clientèle au niveau régional et lui fais part de mon désaccord.

– Avec un tel rapport, nous sommes sûrs de perdre la partie.

– C'est mon avis. Le juge tiendra compte de l'avis de Monsieur l'expert.

– Il faut demander une étude complémentaire. Certaines affirmations de l'expert sont erronées. Il n'a jamais parlé de la surpression du silo et il a carrément sous-estimé les pertes. Je ferai appel de la décision…

– Vous ne ferez rien de plus. Nous ne ferons pas appel. C'est à prendre ou à laisser. Et la chargée de clientèle de me raccrocher au nez !

Première semaine de février 2016.

Je n'ai pas oublié les conseils donnés par ce Monsieur, sensible à la détresse du monde paysan. Alors, je rédige un courrier ainsi que deux livrets d'une quinzaine de pages. Sur le premier, je raconte l'histoire de l'accident, dans son ensemble, la présence d'animaux sauvages… et les points de désaccord avec Monsieur l'expert. Sur le deuxième, c'est un ensemble de photos. La première montre le premier silo, d'une blancheur immaculée, réalisé quelques années auparavant, pile-poil réalisé au même endroit, mais sans un seul défaut, puis c'est le silo déchiré avec des photos des zones fragilisées, les plots de béton renversé, une photo où quelques semaines plus tard, le silo n'en finit pas de se fissurer, une autre photo de la bande grise qui elle aussi, sous la pression, s'est lézardée le jour de l'accident, la facture détaillée du téléphone portable, la barrière détériorée par les génisses… Pour finir avec une photo du reste du silo réalisé presque un an après l'accident. J'y ajoute mes commentaires. J'envoie le tout par recommandé au directeur régional.

Monsieur le directeur,

Nous venons vers vous, car nous avons eu un préjudice important le 26 août 2013 (nous avons perdu la moitié de nos vaches laitières : 26/49) et le dossier est bloqué depuis trop longtemps.

Cette histoire oppose deux clients de votre mutuelle d'assurance. À noter que nous sommes clients depuis notre installation, soit 30 ans de cotisation payée « rubis sur ongle ».

Dans un premier temps, il fut impossible d'avoir un accord amiable, la partie adverse ne voulant pas reconnaître ses torts, nous voilà partis pour le tribunal.

Dans ce litige, après avoir découvert les preuves matérielles d'un défaut de surveillance de la machine, soit 7 mois après le sinistre, un accord financier aurait dû être trouvé.

Aujourd'hui, soit 30 mois après notre sinistre, nous n'en voyons toujours pas le bout.

En rendant son prérapport avec beaucoup de retard, nous pensons que l'expert judiciaire nommé par la juge abuse de la situation. À première vue, rien de difficile dans ce dossier. De plus, il remet fortement en cause le montant de notre préjudice, alors que nous avons toujours apporté les éléments comptables, prouvant notre bonne foi.

Aujourd'hui, l'agriculture va mal et je pense que nous n'avons pas les moyens de laisser traîner ce boulet financier qui nous handicape.

Le dossier qui suit raconte le déroulement de l'histoire que nous avons subi. Il y a deux choses avec lesquelles nous sommes intransigeants, à savoir la sécurité, puisque dans ce sinistre, il est question d'un conducteur de machine agricole « pendu » au téléphone, et qui n'a jamais surveillé sa machine en fonctionnement.

Nous sommes maîtres de stage et l'on nous demande de plus en plus de normes de sécurité. Il est hors de question de tolérer des comportements que nous-mêmes nous n'admettons pas. Si ce dossier venait à sortir dans la presse, je ne sais pas comment, pour une compagnie d'assurances censée prôner la sécurité à tout prix, vous pouvez défendre le manque évident de sécurité le plus élémentaire.

Le second point est d'ordre financier, puisque nous approchons à grands pas de la retraite et nous sommes condamnés à rembourser un prêt pour l'achat d'un troupeau, ce qui est aberrant.

Avant la fin du mois de février, une solution doit impérativement être trouvée. Dans le cas contraire, nous serons alors condamnés à alerter la presse sur notre situation financière désastreuse.

Nous vous demandons de faire preuve de bienveillance dans ce dossier, et d'user de votre pouvoir de décision, afin de « siffler la fin de la partie ».

N'importe quelle exploitation agricole aurait pu subir un tel événement. Quelles que soient les sensibilités personnelles et syndicales, pour information, je transmets la totalité de ce dossier à divers syndicats de notre département ; à savoir : la FDSEA représentée par Monsieur X et la confédération paysanne représentée par Monsieur Y

Nous vous prions…

Et j'ajoute quelques commentaires.

C'est le temps : en repoussant toujours l'échéance, l'expert judiciaire a mis 22 mois à répondre. Les calculs sont pourtant simples. Ce ne sont que de simples calculs de ration et de coût de revient. Un élève de BTS en fin de cursus scolaire va vous résoudre ce problème en quelques heures.

L'assurance n'a pas une culture de soutien d'entreprise. À aucun moment, elle ne nous a aidés financièrement, alors que nous avions perdu la moitié de notre outil de travail. D'emblée, elle aurait pu nous payer la moitié de la facture des vaches. C'est le premier reproche fait par un proche du dossier qui pourtant, est payé par la mutuelle d'assurance. Il m'avait avoué au tout début de l'histoire :

– L'assurance abuse un peu quand même. Elle pourrait au moins vous payer la moitié de la facture des vaches. Ils en ont bien les moyens et vous êtes plutôt un bon sociétaire.

Les indemnisations sont au minimum.

Sur le montant des vaches par exemple, nous avons acheté un nouveau troupeau, sans faire attention à la valeur génétique et nous voilà pénalisés de 5000 euros.

Sur les pertes économiques, cette année-là, nous avons réalisé seulement 86 % alors que nous réalisons couramment, 100 % de notre quota, voire plus. Les deux années suivantes, nous avons réalisé 99 et 102 %. De plus, nous avons été obligés de suralimenter le troupeau, ce qui représente un coût non négligeable. Ce qui paraît logique. Les animaux sont arrivés en cours de lactation. Tous les chiffres sont à votre disposition.

Sur l'ouverture du silo. L'expert se trompe, puisque l'ouverture que l'on voit, c'est l'endroit où les vaches se sont jetées dans le silo. La vraie ouverture, celle où je me sers tous les jours, se situe au plus loin du fil, pour la bonne raison que le silo est en pente et je ne veux pas que l'eau de pluie pénètre dans celui-ci. Et le pire, c'est que dans la vraie ouverture, elles n'y ont pas touché !

Sur la tension du silo. L'expert minimise la surpression, il n'en parle qu'à demi-mot. La partie adverse était venue quasiment à l'improviste prendre deux échantillons, au cas où je les attaquerai sur la qualité de la bâche. Deux carrés de bâche furent découpés en guise de témoin, dont j'ai rebouché les trous avec une nouvelle bâche. Or, quelques jours plus tard, une nouvelle fissure apparaît entre les deux échantillons. On ne peut plus explicite sur la tension du silo, la photo figure dans le livret que j'avais réalisé. Toutes les fissures se situent dans la première partie, avant la large bande fragilisée. Lorsque le fils de l'entrepreneur a modifié les réglages de sa machine, aucune fissure n'est apparue. Toutes les photos le prouvent !

Ce qui me gêne Monsieur le Directeur et là, monsieur l'expert se contredit : sur la première feuille de son rapport, il constate une poche grosse comme un poing fortement étirée à mi-hauteur, qui s'expliquerait par un coup de pied de vache. La bâche est étirée, mais non percée. Puis, de conclure et d'affirmer que les vaches, vu le nombre, auraient de toute façon percé le silo. C'est faux, archi faux, puisque les vaches n'ont consommé du triticale que sur 5 mètres. Elles ont agrandi les trous existants, le reste est intact. La bâche résiste aux coups de pieds de vache.

Pour preuve, nous avons utilisé le reste du silo durant un an. La photo du silo avec une culture de maïs à côté peut être datée fin juin, début juillet.

Suite à ce courrier, deux jours plus tard, je reçois un texto du service qualité.

« Bonjour, votre courrier recommandé relatif à votre litige a retenu toute mon attention. Nous reprenons contact avec vous dans les meilleurs délais. Cordialement, service qualité. »

Fin février se passe tranquillement. Nous n'aurons jamais d'autre réponse.

Début mars 2016. J'envoie le même courrier au directeur départemental, à la présidente départementale et au président cantonal. Ce mardi, de passage à la préfecture, je m'invite dans les bureaux de la caisse d'assurance du secteur agricole. Le directeur n'est pas là, tant pis. Je vais l'attendre. Au bout d'une demi-heure à « poireauter, » la secrétaire me promet que le directeur du secteur agricole me rendra réponse avant mercredi 14 heures. Promis, juré, craché, j'aurai un rendez-vous afin de m'expliquer. Comme d'habitude, la fin de la semaine se passe tranquillement, sans aucune réponse !

Le vendredi après-midi, je téléphone au bureau départemental que j'ai démarché en début de semaine. Pas de réponse. Je n'arrive pas à les joindre ou alors, je suis systématiquement réorienté vers la plateforme téléphonique régionale, ou carrément n'importe où. Une dame chez qui mon appel finit se propose même de rechercher sur le NET le numéro que je cherche… À dire vrai, tout l'après-midi, je les harcèle au téléphone, jusqu'au moment où la présidente me téléphone pour m'engueuler et me dire :

– De toute façon, vous ne toucherez rien, pas un centime !

Néanmoins, elle fixe un rendez-vous pour le vendredi suivant. Dans cette ambiance exécrable, pas question de nous présenter seuls, il est évident que nous allons nous faire massacrer, propre et net. Je fais quelques invitations.

À cette réunion, le directeur départemental et le directeur branche agricole, la présidente départementale et le président cantonal sont conviés. De notre côté, le directeur de notre centre de gestion et un autre agriculteur nous soutiennent.

Quelle ne fut pas leur surprise de nous voir entourés et soutenus ! C'est Jeanne qui lit sur leur visage leur étonnement. Elle me le confirmera après. Moi, je suis à cran, trop absorbé par mon sujet. Pour la première fois, j'explique l'accident dans sa totalité. Gentiment, ils m'écoutent. Pour seule réponse, le directeur départemental et le président cantonal passent leur temps à relire la conclusion de l'expert et me redire que je n'ai pas su contenir mes animaux :

– La clôture s'est avérée trop fragile.

Ils n'ont pas d'autres arguments. De mon côté, je leur parle de la sécurité :

– On n'abandonne pas un matériel qui tourne avec un cardan pour aller téléphoner à l'autre bout du champ.

(Aussi bizarre que cela puisse paraître, personne n'a jamais mis en doute ma parole, lorsque j'ai dit que l'entrepreneur est allé téléphoner à environ 60-70 mètres voire beaucoup plus loin de son lieu de surveillance).

Je leur pose la question :

– Et si l'on résolvait ce problème à l'amiable ?

– OK, mais on abandonne toutes les poursuites.

Dans un premier temps, le directeur nous propose 0 centime d'indemnisation, puis devant notre refus, l'on passe à 3 000 euros et en cherchant bien 10 000 euros, soit 8 fois moins que le montant des pertes estimées ou bien l'équivalent de 14 mois de cotisation. Nous devons nous décider, là, tout de suite, c'est notre dernière chance. Pour l'instant, c'est non !

Nous sortons de la réunion complètement ravagés, abasourdis, tétanisés devant un tel mur d'incompréhension, de mauvaise foi. À ce niveau-là, c'est vraiment de la mauvaise foi proclamée haut et fort. Je les invite à venir voir les clôtures puisque cela pose un problème. Pas de réponse !

Devant notre désarroi, notre directeur de centre de gestion nous propose un nouvel avocat avec lequel il a l'habitude de travailler. Un rendez-vous est pris dans la foulée.

De mon côté, je recherche des renseignements sur ce type de silo et leur protection. Je trouve un importateur de bâches en espérant que la partie adverse ne soit pas l'un de ses clients. Ce nouvel interlocuteur connait bien la marque de bâche mise en cause et a lui-même cessé l'importation de ce produit. Très rapidement, dans la demi-heure qui a suivi mon appel, celui-ci me fournit une documentation certes en Anglais, où il est bien signalé que ce genre de silo peut être placé partout dans les champs, par le biais de la mention suivante :

« The grain bag can be put in the field where harvesting is taking place or anywhere on the farm. »

« Le sac de grain peut être placé dans le champ où la récolte a lieu ou n'importe où sur la ferme »

Et que le silo ne nécessite pas de clôtures exceptionnelles.

« Protect them from domectic and wild animals by placing a little fence around »

« Protégez-les des animaux domestiques et sauvages en plaçant une petite clôture autour ».

Connaissant désormais parfaitement bien le planning de présence de la chargée de clientèle et devant nos rapports conflictuels, discrètement, afin de financer de nouvelles recherches et les honoraires du nouvel avocat, je m'informe auprès de l'une de ses collègues. Celle-ci m'affirme que nous n'avons consommé que le tiers de la somme dédiée à notre défense. Rassuré, je téléphone à celle-ci qui exceptionnellement accepte de financer un nouveau rapport d'expert. Il faut dire que depuis quasiment 2 ans, suite à notre échange houleux, mais véridique, je ne l'avais jamais contacté, la partie adverse ne m'a jamais fait aucun reproche sur quelques réponses, puisque nous n'avons jamais eu aucune question. Non aucune ! Cela peut paraître bizarre, mais c'est comme cela. Il y a bien un truc qui ne tourne pas rond dans notre histoire. Deux ans à attendre sans le moindre événement, comme si notre dossier était oublié quelque part sous une pile de dossiers ou alors carrément recouvert de poussière.

C'est le directeur lui-même qui me contacte afin de savoir si nous avons pris une décision, à savoir prendre les 10 000 euros et stopper les poursuites. Oui…, nous avons pris un nouvel avocat. J'imagine que ce Monsieur le savait déjà, puisque la chargée de clientèle accepte d'ouvrir une dernière fois son porte-monnaie et de financer un complément d'observation technique, afin de contrer le rapport de l'expert judiciaire. Une nouvelle fois, j'en profite pour lui parler de la sécurité et lui dire que la position de la mutuelle de défendre ce genre de personne est totalement intenable.

Toute cette histoire prêterait à sourire si nous ne recevions pas dans notre boite à lettres un feuillet signé du directeur régional, le même qui a reçu notre courrier, avec ces trois mots en caractère gras, bien mis en évidence.

« Responsabilité – Solidarité – Proximité. »

La confiance que vous nous accordez renforce notre engagement à vos côtés.

Entre les pleines pages de pub dans les revues agricoles, les spots de pub vus à la TV, la mutuelle d'assurance vante ses qualités morales et financières. Comme quoi, dans notre société de consommation, la communication est très importante, même si la publicité reste une publicité qui ne dit pas toujours la vérité..., je n'ose affirmer que c'est de la publicité mensongère. Si nous n'étions pas dans une telle panade, j'en rirais de bon cœur.

De nouveau, les mois passent et toujours pas de visites. C'est un article dans une revue de machinisme qui me donne l'excuse de renouer avec le directeur départemental.

Téléphone portable et conduite agricole : attention danger !

Scotché à son smartphone, le jeune, agriculteur ou salarié, se ferait couper un bras plutôt que de lâcher son téléphone portable qui vibre, sonne et alerte en permanence. Mais que risque-t-il ? (Source la revue « Entraid »)

Au directeur, j'envoie la totalité de l'article consacré aux risques encourus par l'utilisation du téléphone portable. Une nouvelle fois, je l'invite à venir vérifier l'état de nos clôtures, puisque cela semble poser problème. Il me répond positivement et l'on fixe une date pour fin septembre. Au point où nous en sommes, nous ne sommes plus à un mois près !

Pendant ces deux années, le père François me parlait principalement des cultures. Quelques soucis de santé et surtout les problèmes conjugaux de Martin à la ferme des Cinquante Arpents avaient tendu le climat familial et le père François s'était mis en retrait.

L'alternance de longues périodes de sécheresse, puis de pluie diluvienne avait eu un impact sérieux sur les rendements donc sur le revenu disponible. En 2016, nous avons eu droit à un début de printemps particulièrement froid et humide, puis en mai de nombreux orages déversaient des quantités de pluie impressionnantes. En juin, quelqu'un a probablement coupé le robinet. Juillet et août avaient été caniculaires. Nous étions en septembre et le retour de la pluie se faisait attendre. En mai, pleine période de croissance, les cultures de céréales avaient souffert d'attaques de champignons microscopiques. Les rendements étaient catastrophiques. Ils ne couvraient pas les frais engagés. Maintenant, les cultures de maïs grain souffraient elles aussi de ce manque d'eau. Comme à l'accoutumée maintenant, les orages du printemps avaient tassé les sols. Le maïs n'avait pas pu s'enraciner correctement, raison pour laquelle, ils souffraient de la sécheresse. Les rendements s'annonçaient largement en dessous de la moyenne annuelle des 10 dernières années. Les charges de mécanisation liées à l'achat du gros tracteur de tête pesaient sur la rentabilité. Martin travaillait toujours plus, mais le revenu diminuait d'année en année. Fatiguée de cette situation, un beau jour de printemps, sa compagne Nadège prit ses cliques et ses claques. Comme me l'avouera quelques mois plus tard le père François :

– Nadège, elle a foutu le camp !

Depuis, Martin est devenu invivable. La moindre contrariété le met hors de lui. J'avais remarqué sa détresse et son irritabilité et c'est le bal du 14 juillet qui me donnera le niveau de son désespoir. Alors que la fête battait son plein, j'avais remarqué que Martin buvait seul dans son coin. Il buvait plus que de raison, ce qui n'était pas dans ses habitudes. De son côté, avec ses copains, Romain éclusait joyeusement bière sur bière. Sortant de la piste de danse, Prudence revenait vers le bar lorsque j'ai vu Martin se lever. Dans son regard, j'ai vu de la haine. Je préviens Jeanne qui était à mes côtés :

– Viens, on y va, ça va mal tourner !

Je vis Martin qui s'avançait encore, en direction de Prudence. Il lui saisit son avant-bras gauche. Elle se débattait, n'arrivait pas à se libérer. De sa main droite, elle lui décocha une gifle magistrale, du genre, à vous déboiter la mâchoire ! Surpris, il lâcha prise, recula d'un mètre, se tint la joue gauche. Je m'avançai encore et poussai Martin plus loin. À son tour, Prudence avait les yeux chargés de haine, je ne l'avais jamais vu comme cela, dans un tel état ! À voir ses mains crispées et ses avant-bras tendus, il s'en fallait de peu pour qu'elle lui saute à la gorge et qu'elle tente de l'étrangler.

Jeanne la prit dans ses bras et l'accompagna à l'extérieur de la fête. Je les suivais :

– Ne rentre pas dans son jeu ! Arrête cette violence, ce n'est pas toi !

– Qu'est-ce qu'il t'a dit pour que tu te mettes dans des états pareils ?

– Rien !

– Il t'a bien dit quelque chose ?

– La ferme des Grands Bois, elle est à moi ! Ton mec, il n'a pas un radis ! Put… de toute façon, il n'y a que le terrain qui vous intéresse, vous êtes tous qu'une bande de trucs du cul !

Les élections présidentielles se profilent à l'horizon. Le père François recommence à prendre goût aux joutes politiques.

Après ses explications sur le Brexit, les avantages, les Anglais nous pourrissent la vie, ils ont tendance à faire cavalier seul et les inconvénients, affaiblissement général de l'Europe, son poulain M. Fillon semble bien parti pour gagner, il me tanne afin que je vote pour lui. Il ne cesse de me répéter qu'il faut remettre de l'ordre dans le pays, tout en s'inquiétant de la montée générale de l'extrême droite dans l'opinion publique. Je confirme :

– Avec l'extrême droite, on sait lorsque ça commence, rarement lorsque cela finit !

Pierre le stagiaire qui avait remplacé Prudence, vient juste de terminer ses stages pratiques répartis sur 2 ans. Chaque jour, son papy Gérard l'amenait et le récupérait le soir. Je lui ai supprimé le test de conduite du tracteur, il a passé les vacances de son enfance chez des cousins agriculteurs. J'ai passé pas mal de temps à le motiver pour mettre le nez dans les devoirs… voire corriger le rapport BTS la veille de le rendre… Il n'a pas son pareil pour détecter les failles des adultes et sait les exploiter à merveille. Les injustices sociales le mettent hors de lui, cela nous fait au moins un autre point commun. Lorsqu'il raconte ses « conneries » d'ados, je rajeunis de 40 ans ! Au mois de septembre, Paul, le petit nouveau vient juste de commencer son stage pratique par alternance. Nous voici repartis pour deux ans. Lui démarre de 0 de chez 0. J'ai comme l'impression que je vais passer du temps sur le siège passager !

En 2014, au début de la crise laitière, ce sont les hémisphères sud et nord qui se chahutaient. Chacun voulait prouver à l'autre sa capacité à produire moins cher. Puis la crise s'est déplacée à l'intérieur même de l'Europe, les pays du Nord, des libéraux contre les pays plus au sud. Le prix des mille litres n'en finit pas de baisser. Maintenant la crise s'immisce à l'intérieur des régions Françaises où chacun d'entre nous tente de résister du mieux qu'il peut et de sauver sa peau. Une manifestation monstre se déroule devant l'usine laitière du numéro 1 mondial. Le monde agricole est à bout.

De notre côté, notre affaire va peut-être avancer pour de bon. Nous recevons enfin le conseil d'administration cantonal.

C'est dans cette ambiance moribonde que la visite tant attendue arrive enfin. Ce ne sont pas les deux personnes prévues que nous recevons : le directeur et président cantonal, mais cinq. En effet, deux autres agriculteurs se sont joints, ainsi que l'attachée de clientèle locale. Là, j'avoue qu'ils l'ont joué assez finement. De notre côté, notre avocat nous accompagne.

Après avoir franchi les barrières en fer galvanisé qui bloquent l'entrée de la ferme, tout le groupe se rend à l'emplacement du dit-silo. Je présente une seconde fois l'accident, montre la qualité de nos clôtures. Le discours du directeur n'a pas changé d'un iota. Texte sous les yeux, il se remet à lire les conclusions de l'expert sur les clôtures qui étaient insuffisantes (alors que chez nous, c'est plutôt bien clôturé avec des barrières galvanisées, des rangs de barbelés et clôture électrique pour des laitières). Le président cantonal en remet une couche en m'affirmant que tout est de ma faute puisque nous avons commis une grosse erreur, une énorme erreur :

– Vos animaux ne sont pas assurés.

Eh oui ! Ce à quoi je lui réponds :

– Je ne vais pas assurer mes animaux, puisque nous avons très peu de perte : moins de1 % des animaux adultes. Discrètement, l'un des agriculteurs du groupe m'avoue que ses propres animaux ne sont pas assurés eux non plus.

J'ai beau leur montrer la barrière tordue et en partie redressée lors de l'épisode des génisses retrouvées sur la route, la discussion s'enlise. Nous sommes devant un mur de mauvaise foi. La visite s'arrête là. Pas question de continuer dans ces conditions, puisque la partie adverse donne invariablement la même réponse. Ils sont bien incapables de me trouver une autre excuse.

Le directeur nous propose toujours les 10 000 euros, pas un centime de plus. Notre avocat demande s'il a un plan B, puisque le contrat défense juridique montre ses limites. Le directeur n'a pas de plan B. Dorénavant, il refuse de payer notre défense qui sera à notre charge.

Je suis déçu de cette attitude. Notre avocat me confirme :

– Nous voilà repartis pour 18 mois de combat…

C'est lors de la nouvelle mise en demeure que l'on découvre un détail très intéressant. Notre conseil recherche les coordonnées de la société de la partie adverse. Eh bien, celle-ci n'existe plus depuis belle lurette. La partie adverse a changé de société, c'est écrit noir sur blanc, la veille de la deuxième confrontation, qui se déroulait à la maison, celle où l'expert judiciaire était présent. Depuis trois ans, nous attaquons une société fantôme qui avait gardé le même nom, même adresse, mais qui n'existe plus juridiquement, une raison de plus de ne pas être poursuivie, de n'avoir aucun compte à rendre. De notre côté, personne ne nous a rien dit. C'est sûr, je m'en souviendrais : l'avocat de cette époque l'aurait évidemment signalé. Moralité de l'histoire, le jour de cette expertise, devant l'expert judiciaire nommé par Madame la Juge, après toute la comédie qu'ils nous ont jouée ce jour, le père et le fils de la partie adverse savaient déjà que nous ne pourrions plus les attaquer. Est-ce que leur avocat avait été mis au courant de cette modification ? Je n'en sais rien. Est-ce leur avocat qui leur a conseillé cette modification ? Je n'en sais rien. Une chose est sûre, la mutuelle d'assurance le savait, elle, puisque nous devons impérativement signaler toute modification dans les statuts de l'entreprise à assurer. Il n'en pouvait être autrement. Quel intérêt pour la mutuelle de toujours soutenir ce genre d'individus ? N'ont-ils pas assez menti depuis le début ?

Lorsque je vois le résultat de toutes nos démarches, cet organisme d'assurance a-t-il encore le droit de s'appeler une mutuelle, désignation qu'il met toujours en avant dans ces nombreuses publicités ? Dans cette mutuelle, à quoi sert un conseil d'administration : des professionnels élus, porte-parole de leurs collègues ? Il est désormais évident que l'administratif, des salariés payés pour gérer l'entreprise, a pris le pas sur le conseil des administrateurs, qui en vérité, ne sont là que pour approuver des décisions qui leur échappent.

Moi aussi je suis administrateur dans une coopérative et je prends cela très au sérieux. En cas de problème, après m'être renseigné sur la tenue de l'entreprise, je défends systématiquement l'agriculteur.

Il en est de même de notre rôle de maître de stage. En fait, nous sommes les seuls de la commune à former des jeunes, à prendre du temps pour former les prochaines générations. En regardant dans le rétroviseur d'une vie, je m'aperçois maintenant que j'en ai passé du temps avec eux dans l'habitacle de la cabine, le jeune au volant de l'engin, et moi, assis sur le siège passager. À tous, je raconte les mêmes anecdotes ; résumé des résultats de mes propres essais culturaux ; bons ou mauvais, de l'évolution du climat en rapport avec mes données : dates de récolte, dates de mise à l'herbe des vaches... collectées au fil des ans. C'est vrai que je dois être assez saoulant, rabat-joie. À 16 ans, on aspire à des conversations plus légères. Mais souvent, il faut bien analyser le passé si l'on veut comprendre le présent et anticiper le futur. Pour les trop motivés qui ne parlent que de tracteurs ou de vaches, je dois les ouvrir au monde extérieur. Puis il y a l'autre catégorie ; ceux qui sont déscolarisés. Comment rester insensible lorsqu'une maman vient vous trouver et vous avoue humblement que son gamin de 16 ans, elle ne sait plus quoi en faire ? Il n'a pas fini sa dernière année scolaire obligatoire, n'a plus goût à rien, passe ses journées enfermé dans sa chambre. Si elle vient vous trouver, c'est qu'elle a frappé à plein d'autres portes avant vous, que vous êtes le choix par défaut, que vous êtes probablement sa dernière chance ? Nous sommes le mercredi à midi. Son jeune vient d'entrer en internat dans une prestigieuse école agricole et au bout de deux jours, il étouffe. Il supplie sa mère de revenir le chercher. Je lui propose alors qu'il se présente le lendemain à 8 heures. Nous avons passé la journée dans la cabine, moi au volant et lui sur le siège passager du tracteur de tête. Le lundi matin, il intégrait une nouvelle école plus adaptée à sa phobie scolaire. Il m'en a fallu du temps pour trouver la faille dans la carapace que le jeune s'était forgée, pour lui donner l'envie de se lever chaque matin, pour lui transmettre un savoir, pour l'aider à donner un sens à sa vie. Et après ces deux années de présence, quel plaisir de voir le chemin parcouru durant sa formation.

Plusieurs choses me gênent dans notre histoire :

– Si cet accident était arrivé dans une exploitation déjà fragile, emprunt sur une maison d'habitation, nouvel investisseur, enfants en âge d'être scolarisés, je ne sais pas où en seraient les agriculteurs actuellement, au vu de la réaction de l'assurance.

– Lorsque l'on voit l'attitude des gros transformateurs laitiers par exemple, qui eux aussi multiplient les acquisitions partout dans le monde, eux aussi ont complètement oublié d'où ils venaient.

Dans le monde actuel, bon nombre d'entreprises, quel que soit le secteur d'activité, par leur développement, leurs multiples acquisitions, sont devenues de tels monstres, que leur chiffre d'affaires est supérieur au PNB (Produit National Brut) de nombreux pays. Elles sont incontournables, incontrôlables et imposent leur loi aux risques et périls de la population de base. C'est même l'un des différends à la signature du CETA (Traité international de libre-échange entre le Canada et L'Europe).

– Je suis une nouvelle fois en train de remplir le formulaire de demande de dérogation aux travaux interdits pour les jeunes en formation d'au moins 15 ans et de moins de 18 ans.

– Type d'équipement, marque, modèle, n° de série et année de mise en service, ça ne rigole pas ! Tout doit être cadré au niveau sécurité. Alors, je ne vous parle pas d'abandon de poste de surveillance…

– Maintenant que l'on sait la vérité depuis un bon moment : un type qui a abandonné son rôle de surveillance afin d'aller téléphoner à l'autre bout du champ, je ne vois pas pourquoi, je tolèrerais un comportement que je trouve inadmissible. Si ce jour-là, il y avait eu un blessé, ou pire un mort, je garantis que la gendarmerie aurait eu vite fait de régler l'affaire.

– Face à la partie adverse, pour la mutuelle, nous sommes de petits clients. Il y a donc deux poids, deux mesures, alors que normalement, dans une mutuelle chaque adhérent égale une voix.

La mutuelle doit savoir que nous sommes maîtres de stage, puisque nos jeunes sont assurés. Si des parents nous confient leur rejeton, quand même, nous ne devons pas être de mauvaises gens. Alors, pourquoi cet acharnement envers nous ?

À la Toussaint, lorsque, Prudence revint nous voir, elle chevauchait une 125 Yamaha. La musique du pot d'échappement émettait une jolie mélodie, j'en conclus que la colère était apaisée. À peine avait-elle posé un pied au sol, j'ai vu que ses mirettes pétillaient de joie. Elle jacassait comme je ne l'avais jamais connue, puis tout à coup elle s'écria :

– Nous partons !

– Vous partez où ?

– Aux states !

Elle me tendit une feuille, une photocopie de son contrat de travail, un CDD de 9 mois : the flowered fields farm, 11630 Old River Bakers Field CA 93311 USA. De son côté, Romain a décroché un job dans une ferme qui cultive des amandes. Nous étions ravis pour eux, ils allaient réaliser leur « American Dream ». Trois petits mois à attendre, ils partaient pour le début de l'année.

À la mi-novembre, lorsque je rencontrai le père François :

– Alors, tu as vu ce qu'ont fait les Américains me tanga- t-il ? Ils ont remis les pendules à l'heure ! Alors, j'ai lu quelques journaux et regardai de plus près les motivations des électeurs. Alors que tous les instituts de sondage donnaient Hillary Clinton vainqueur, Donald Trump, avec le slogan « Make America Great Again, (rendre sa grandeur à l'Amérique) devient le nouveau président des États-Unis d'Amérique. L'extrême droite Française jubile et se prend à rêver.

Le Brexit en était le coup de semonce, l'élection américaine la confirmation. Né au lendemain de la Deuxième Guerre mondiale, le monde contemporain est en train de changer. Qu'elle ne fut pas la réaction de nombreux éditorialistes qui ne comprenaient pas les électeurs qui avaient élu Trump. Comment pouvait-on élire un type pareil ? Et les affirmations vont bon train. L'idéal type de l'électorat de Trump : un homme blanc, assez peu diplômé, âgé de plus de 45 ans, résidant dans les petites villes ou à la campagne, plutôt chrétien et pessimiste sur l'avenir du pays. Des hommes blancs de la « Rust Belt » (la ceinture de rouille) de la région des Grands Lacs, telle était leur conclusion.

La réalité est quelque peu différente. Les états américains sont divisés en 3141 comtés, dont environ 60 % sont considérés comme ruraux. Ils couvrent près de 70 % du territoire et abritent environ 46 millions d'habitants, soit moins de 15 % de la population. Une série de rapports récents en dresse un portrait alarmant. Minées par les fermetures d'usines, l'addiction aux stupéfiants et la pauvreté y sont nettement supérieures à la moyenne nationale.

Suite au vieillissement de la population, à la baisse du taux de fécondité, ces comtés se dépeuplent. Surtout, la hausse de la mortalité qui touche toutes les catégories d'âge est largement imputable à l'explosion de la consommation de drogues et d'opiacés synthétiques, vendus dans les années 1990 comme médicaments antidouleur et qui depuis prolifèrent dans les réseaux clandestins.

Le monde rural se distingue par d'autres indicateurs préoccupants. L'emploi salarié n'a pas retrouvé le niveau d'avant la crise économique de 2007-2010. Le revenu médian par ménage y est inférieur d'un quart à celui des zones urbaines. Le taux de pauvreté y est toujours plus élevé. Le désespoir est tel, que le taux de suicide y est supérieur de 80 % en moyenne à celui des grandes villes. Cette population rurale a voté aux deux tiers pour Donald Trump. Le vote de Trump n'est pas la cause de cette crise, il en est l'expression. Les riches s'accommodent du choix politique. Les pauvres en sont souvent coupés. Reste la classe moyenne acteur de la démocratie. Or, la classe moyenne à laquelle nous appartenons souffre énormément de la crise économique. Quelle que soit la partie du monde, sur tous les continents et à fortiori dans les pays les plus pauvres, toutes les études économiques donnent le même résultat, depuis 10 ans, les riches sont toujours plus riches, les pauvres toujours plus pauvres !

Ce 15 janvier, Prudence et Romain atterrissaient à l'aéroport international de Los Angeles. Dès qu'ils eurent posé un pied sur le tarmac, ils découvraient un monde où tout était plus grand qu'en Europe, les autoroutes avec sept voies de circulation dans chaque sens par exemple. En voyant ce jeune couple, Prudence tirait sa valise rose bonbon, habillée avec un je ne sais quoi de différent, les piétons prenaient la peine de changer de trottoir, de venir leur demander d'où ils venaient. Alors, ils prononçaient quelques mots en Français, répétant inlassablement qu'ils aimaient beaucoup la France. Cette gentillesse naturelle les toucha beaucoup. Leurs vies aux states démarraient sous de beaux auspices. Impossible d'atterrir à Los Angeles sans flâner dans les lieux mythiques : Beverly Hills, et surtout grimper sur la colline d'Hollywood. La ville s'étalait sous leurs yeux. De France, ils s'étaient inscrits auprès d'une société de transfert de voiture, c'est-à-dire qu'ils auraient à charge de convoyer gratuitement un camping-car, d'un dépôt à un autre. Après avoir récupéré leur véhicule, le contrat prévoyait que le plein de carburant était déjà fait, ils s'engageaient sur l'interstate n° 5 vers le nord, en direction de Bakers field. The flowered fields farm n'était qu'à quelques miles au nord de la ville, celle de Romain à une dizaine de miles plus au sud.

Aussitôt, Prudence m'adressa des messages, elle tenait absolument à me faire partager son American dream.

– Alain ! Vous n'imaginez pas la sécheresse ! Ici elle dure depuis 6 ans ! Alors ce week-end, les services météo annoncent qu'une véritable « rivière atmosphérique » va déferler sur la Californie. Ça va cogner dur !

Elle m'expédia des articles de journaux :

– Leurs prévisions se sont révélées exactes, puisqu'un fort épisode pluvieux s'est abattu tout au long du week-end.

La rivière Truckee, coulant jusque dans le Nevada, est notamment sortie de son lit, provoquant de monstrueuses inondations. Dimanche, suite au débordement du cours d'eau, près de 400 maisons ont été évacuées à Reno.

La Californie a également été touchée par d'importantes chutes de neige. Les autorités ont notamment alerté sur de forts risques d'avalanches dans la Sierra Nevada. La ville de Mammoth Lakes a enregistré des chutes record avec plus de deux mètres de neige en moins de deux jours, avant même le fort épisode neigeux de ce week-end.

En raison de la tempête, plus de 91.000 personnes se sont retrouvées privées d'électricité dans le centre et le nord de la Californie.

Décrit comme la « tempête de la décennie » par le service américain de météorologie, cet épisode pluvieux pourrait marquer la fin d'un épisode de sécheresse long de six ans. Les précipitations particulièrement importantes « mettent à mal la sécheresse ».

Dans le centre de la Californie, il n'avait plus autant neigé et plu depuis dix ans. Une aubaine pour réapprovisionner les réservoirs d'eau, à moitié pleins, alors que les habitants de l'État sont soumis à des restrictions de consommation d'eau depuis deux ans. Toutefois, le département californien de l'eau reste prudent et indique que la sécheresse n'est pas finie.

Malgré ces fortes pluies, beaucoup de nappes phréatiques vont prendre plusieurs années à se reconstituer. Le gigantesque barrage du lac Oroville menace à tout instant d'être emporté

Selon les scientifiques, environ 10,6 millions d'hectares de forêt comptant jusqu'à 888 millions de grands arbres, dont les célèbres séquoias géants, ont subi des déficits importants d'eau entre 2011 et 2015. Cette sécheresse a provoqué la mort de 100 millions d'arbres. Même les majestueux séquoias géants, véritables trésors nationaux qui ont traversé les siècles, sont eux aussi menacés.

Touché par la tempête de ce début d'année, le plus célèbre d'entre eux, le « Pioneer Cabin Tree, situé dans le Calaveras Big Trees State Park, vient en effet de tomber. Attraction touristique unique, avec son tronc creusé vers 1880, ce qui permettait le passage d'une petite voiture. Il était âgé de probablement plus de 1000 ans.

Outre le manque d'eau, les températures élevées et les infestations de scolytes, petits scarabées qui rongent les arbres, augmentent par ailleurs le risque de mortalité forestière. Cette situation risque de provoquer des changements durables dans les écosystèmes ce qui pourrait avoir un impact sur les habitats des animaux et la biodiversité.

De son côté, le père François n'en finissait pas de commenter les élections présidentielles. Depuis que son poulain M. Fillon avait été éliminé, un vieux canasson de la politique, il était dépité :

– Ils nous prennent vraiment pour des imbéciles !

Les affaires liées à des financements occultes pourrissent littéralement la campagne présidentielle. Pas un jour sans qu'un scandale financier n'apparaisse et creuse encore un peu plus le fossé qui sépare la classe dirigeante du peuple. Les sommes d'argent annoncées prouvent bien que nous vivons dans deux mondes différents. Le premier tour des élections présidentielles vient de se clore. Les partis traditionnels droite et gauche viennent de subir un revers mémorable. C'est carrément l'explosion ! Avec l'extrême gauche de Mélenchon, grand gagnant des partis de gauche et les divers petits partis hostiles à l'Europe, les Eurosceptiques totalisent presque 50% des voix. Les instances Européennes sont soulagées. La bourse de Paris termine en hausse de 4%, du jamais vu depuis 2008. Les valeurs des banques et autres organismes financiers progressent, eux, de près de 10%. Lorsqu'au quotidien l'on vit dans le rejet, avec l'attitude quasiment crapuleuse des financiers, ce score des extrêmes peut s'avérer compréhensible.

Quinze jours plus tard, c'est le second tour des élections présidentielles. Majoritaire dans les grands centres urbains, Emmanuel Macron, totalement méconnu il y a quelques années et sans parti politique, vient d'être élu avec 66% des voix. Les résultats de l'extrême droite de Marine Le Pen sont mitigés. D'un côté, elle gagne encore des voix, de l'autre, elle n'a pas réussi le score de 40% des voix, chiffre que ces électeurs pouvaient considérer comme un succès. Là, ce sont les territoires ruraux : pauvres, avec le sentiment d'être abandonnés, où elle réalise de bons scores et, où, parfois, elle se trouve majoritaire. Moment de similitude avec l'élection de Donald Trump à l'automne dernier : des hommes blancs, pauvres, peu éduqués…. L'abstention représente quand même 25% des voix. Ce qui signifie que 25% des votants se sentent exclus de la société, n'appartiennent plus, ne se reconnaissent plus dans cette société, ses valeurs, ses idées. Les élections législatives de juin sont le troisième tour et de loin le plus important. Y aura-t-il une cohabitation, ou pas ? Nul ne le sait. Les tractations entre les différents partis se mettent en place. Les vieilles méthodes sont de retour !

Quand est-ce que les hommes politiques, dignes de ce nom, prendront conscience du jeu dangereux auquel ils nous exposent tous ?

Et le père François d'ajouter :

– Avec toutes leurs conneries, je comprends que les gens veuillent voter extrême droite. Bon, ce jeune inconnu de président Macron était un Européen convaincu, cela le rassurait !

De notre côté, nous n'avons toujours pas de réponse de la partie adverse qui semble faire la sourde oreille.

Les températures du printemps sont en hausse par rapport à la moyenne de la dernière décennie. Maintenant, la sécheresse dure depuis presque 10 mois. Mises à part quelques pluies automnales justes suffisantes pour faire lever les jeunes prairies et les céréales, il n'a pas plu de l'hiver. La mare à l'entrée de la ferme ne s'est jamais remplie et affiche un niveau particulièrement bas. Déjà, dans certaines régions Françaises, des restrictions d'eau sont mises en place.

Nous craignions le pire. Soit une sécheresse « carabinée » ou des pluies diluviennes après cet hiver et ce printemps particulièrement secs.

Au début de l'été, nous sommes toujours inquiets du temps chaud et sec qui règne sur notre région. Nous avons droit à une bonne semaine de températures particulièrement élevées, nous frôlons la canicule. Au sud de l'Europe, des feux d'une violence inouïe se propagent au Portugal avec une soixantaine de victimes à la clé et des dizaines de milliers d'hectares partis en fumée. Pourtant, nous ne sommes qu'au début de l'été.

Contrairement à l'image que nous présentent les revues professionnelles, la Californie n'est pas seulement le domaine de fermes immenses avec des milliers d'animaux en production, des exploitations de type familial, avec 75 vaches laitières de race Jersey, semblable aux nôtres, existent. The flowered fields farm en est le parfait exemple. La différence entre ces deux types d'exploitations est l'impact sur l'environnement. Ces immenses fermes sont très, mais alors très intensives, à la limite de l'imaginable, donc très polluantes. De son côté, Prudence assurait la traite et la fabrication de crème et des desserts lactés : glaces, sorbets…. Les dérives du climat l'intéressaient plus que tout. Peter et Mary Kingboy les propriétaires de la ferme The flowered fields farm lui relatait des incendies qui pouvaient se prolonger pendant un mois et demi. Nous étions très loin des feux d'écobuage de mon enfance que je lui avais racontés et qui duraient pendant deux jours. Elle m'expédia encore des articles de journaux. :

– Ici, c'est la guerre contre le climat !

Effectivement, ce qu'elle me racontait ressemblait bien à des scènes de guerre. Je dirais même des scènes de guérilla. Le feu, l'ennemi public numéro 1, tapi au milieu du grand chaparral, un maquis à la végétation très fine composée de buissons et d'herbes qui sèchent rapidement et dégagent des huiles essentielles hautement inflammables, pouvait surgir à chaque instant. Un mégot, un barbecue mal éteint, une erreur humaine ou industrielle et c'est le drame.

En avril, Jerry Brown le gouverneur de la Californie avait déclaré la fin des six années de sécheresse. Aujourd'hui 9 juillet, l'un des plus importants incendies s'est déclaré près de San Luis Obispo, une ville de la côte Ouest, à mi-chemin entre San Francisco et Los Angeles. Baptisé « Alamo fire », il a ravagé environ 23 900 hectares. Le 10 juillet, selon les autorités, il n'était maîtrisé qu'à 15 %. Environ 1000 pompiers équipés d'hélicoptères bombardiers d'eau luttent pour le stopper.

Le comté de Santa Barbara est lui aussi touché.

Mais l'incendie le plus menaçant se trouve dans le nord de l'État, près d'Oroville. En février 2017, c'est là qu'un barrage menaçait de céder. Cinq mois après avoir risqué l'inondation, les habitants aujourd'hui doivent se méfier des flammes. Le « wall fire » menace plus de 5 000 maisons.

Au total, en Californie, on recense 14 départs de feu. 5 000 pompiers luttent inlassablement.

Plus au nord, au Canada, la situation est particulièrement préoccupante en Colombie-Britannique où ce lundi 10 juillet en fin d'après-midi, 10 000 personnes ont été évacuées en raison des feux avoisinant plusieurs foyers d'habitation. La foudre serait à l'origine de la plupart d'entre eux selon le ministère de la Sécurité publique. L'état d'urgence a été décrété dans cette province depuis le 8 juillet.

Le 16 août, attisé par un vent saisonnier violent, le « Santa Ana », l'incendie Blue Cut fire à l'est de Los Angeles, provoque l'évacuation de 82 000 personnes, 34 000 bâtiments sont menacés. Le comté de San Bernardino est déclaré en état d'urgence.

Plus près de chez nous, de nouveau le feu ravage le sud de l'Europe : Croatie, Italie, Espagne, sud de la France. Des milliers d'hectares de forêt sont ravagés. La Corse offre un spectacle de désolation. Le sud de l'Europe étouffe sous une chaleur accablante, le thermomètre bat des records de température jamais égalés.

Dans l'ouest, il fait toujours aussi chaud. La sécheresse sévit. C'est un drame pour les cultures d'été et les prairies complètement « cramées ».

Avec ce manque d'eau et les températures particulièrement chaudes, en Loire, des algues, cyanobactéries toxiques provoquent après baignade, la mort d'une dizaine de chiens. Les résultats de la pollution et du réchauffement climatique deviennent assez inquiétants.

Nous venons de franchir le 4e anniversaire de l'accident. Toujours aucune nouvelle de notre affaire. Les QUINZE JOURS impartis sont passés depuis belle lurette. Notre dossier doit une nouvelle fois se recouvrir de poussière, tranquillement. L'avocat de la partie adverse n'a jamais répondu à la mise en demeure. Quelque part, c'est quand même grave de ne jamais répondre, faire le mort, alors qu'avec un peu de bonne volonté, l'affaire aurait pu être finalisée depuis longtemps. Paul vient de finir ses deux années de stage. C'est un pur animalier qui n'aime pas trop le gros matériel. Un peu trouillard les premières semaines, ce qui me fit beaucoup rire, il a depuis fait un sacré parcours. Il me laisse de beaux souvenirs. Dans mon carnet d'adresses, je lui trouve son prochain stage. Simon le remplace. C'est un garçon vif d'esprit et très adroit. Cela devrait bien se passer.

De mon côté, l'essai annuel consiste à suivre une formation d'acupuncture animale auquel je suis convié. L'objectif final est de lutter contre les principales infections tout en limitant le recours aux antibiotiques. Cela me fait sourire de me prendre pour un acupuncteur, j'ai peur d'oublier et de ne pas reconnaître les points d'acupuncture. En vérité, après quelques mois de pratiques, nous obtenons de très bons résultats, ce qui nous permet de baisser de 70% l'usage des antibiotiques pour les pathologies les plus courantes. Il y a donc moins de risque d'erreur, une production de meilleure qualité et une sécurité alimentaire accrue.

Prudence m'envoyait toujours des articles de journaux. Cette fois, c'est la côte Est des USA qui est touchée. L'ouragan "Harley" fait parler de lui. Le Texas est particulièrement touché. Des vents violents à plus de 212 km/heure, mais surtout des pluies diluviennes avec des records à plus de 1640 millimètres enregistrés à Nederland. Ces quantités font d'Harvey, le cyclone tropical ayant donné le plus de pluie sur le Texas et les États-Unis, dépassant le précédent record de pluie tenu par la tempête tropicale Amelia de 1978. C'est totalement inimaginable. C'est un volume d'eau historique. Il n'y a jamais rien eu de tel affirme M. Trump. Des dégâts matériels énormes et 82 victimes.

Après Katrina en 2005, Sandy en 2012, Harley en 2017, à chaque fois les journalistes utilisent le même vocabulaire :

– C'est l'ouragan du siècle, sauf que cela se répète trop souvent.

La ronde des ouragans s'intensifie : Lee et Ophélia classés 3 sur l'échelle de Saffir-Simpson, Harvey et José, classés 4, Irma et Maria classées 5. Tous défilent tour à tour avec leurs cortèges de destructions massives. Mais c'est surtout Irma, qui se développe du 30 août au 12 septembre, qui invite à une certaine prudence. Il devient ainsi l'ouragan le plus puissant jamais enregistré dans l'Atlantique nord, par la force de ses vents soutenus (287 km/h), depuis Allen en 1980. Né une semaine plus tard qu'Harvey, Irma se renforce au fur et à mesure de son cheminement, de la catégorie 3, il passe à la catégorie 5 et ce pendant quasiment une semaine. Irma aux dimensions phénoménales : 500 km de diamètre avec un œil de cyclone de 50 km, ravage tout sous sa trajectoire. Parce qu'il progresse lentement, ce qui est probablement dû au réchauffement climatique, il cause des dégâts catastrophiques notamment sur les îles de Barbuda, Saint

Barthélemy, Saint Martin, Anguilla, aux Îles Vierges. Puis il touche la côte nord de Cuba et termine sa course vers la Floride où six millions de personnes sont évacuées et misent à l'abri. Les dégâts sont estimés à près de cent milliards de dollars.

Dès qu'ils avaient quelques jours de repos, Prudence et Romain voyageaient : Los Angeles, Santa Monica, Long Beach, les baies de la côte Pacifique, à deux heures de route. En octobre, à la fin du contrat de travail, ils s'octroyèrent quinze jours de vacances. Ils prirent la route 58 jusqu'à Barstrow, continuèrent sur l'interstate 40 en direction du Parc national du Grand Canyon. Ils remontèrent jusqu'au Oljato Monument Valley en plein territoire Navajo. Prudence photographiait à tout va et nous faisait partager des dizaines et des dizaines de clichés magnifiques. Un jeune amérindien Navajo, il avait peut-être 10-12 ans, leur proposa pour quelques dollars de servir de guide et de visiter les canyons à cheval. Dans ce coin de désert sous un soleil de plomb, quelques caravanes, quelques panneaux solaires, mais point d'eau courante ! Ils visitèrent le Parc National de Bryce Canyon, reprirent l'interstate 15, redescendirent vers Las Vegas, une ville lumière, oasis de couleur et de féérie en plein désert ! Au retour, ils prirent la route 95 avant de bifurquer et de redescendre vers « Death Valley », puis ils remontèrent vers le nord par la route 395, direction : le parc de Yosemite où ils campèrent au milieu des ours : flippant. Modesto, San José, la Silicon Valley, San Francisco : the Golden Gate brigde, sa baie aux couleurs de l'automne…. Plus au nord encore, ils avaient prévu de découvrir les vignobles californiens, mais un nouveau drame les attendait.

En ce début de mois, dans les régions viticoles de Napa et Sonoma, les ouvriers agricoles coupent les dernières grappes de raisin lorsqu'une série d'incendies se déclarent. Le feu détruit des milliers d'habitations et force plus de 20 000 personnes à fuir, selon les autorités. Depuis dimanche soir, environ 32 000 hectares ont déjà été ravagés par les flammes dans cette région très touristique et cossue du nord-ouest de la Californie. Au total, dix personnes ont perdu la vie. Le Shérif annonce la mort de sept personnes dans le comté de Sonoma, deux dans l'incendie « Atlas « dans le comté de Napa et un dans celui de Mendocino.

« En moins de 24 heures, plus de 18 feux ont commencé à brûler » et ont « détruit plus de 2 000 habitations et en menacent des milliers d'autres » a constaté le gouverneur de l'État Jerry Brown, dans une lettre au président Donald Trump. Il lui demande d'émettre une déclaration de catastrophe naturelle afin de débloquer des aides fédérales, vu la « gravité et ampleur » des incidents. À cause de « vents extrêmes de plus de 90 km/heure », « nous nous attendons à ce que les destructions s'accélèrent » et à plus de décès, ajoute M. Brown, qui a déclaré l'état d'urgence dans huit comtés.

Dans le comté de Napa, les médias locaux rapportent le témoignage d'habitants qui ont fui pour leur survie en laissant derrière toutes leurs possessions. « Nous avons tout juste eu le temps de nous réveiller et de sortir. On n'a rien eu le temps de prendre. Le feu avance tellement vite ».

Des ordres d'évacuation ont été diffusés notamment dans les comtés de Napa et Sonoma et les autorités publient régulièrement la liste des abris mis à disposition des sinistrés.

Lundi après-midi depuis le centre de San Francisco, située à 60 km de l'incendie le plus proche, l'on pouvait apercevoir les colonnes de fumée. Une très forte odeur de brulé était également perceptible dans la nuit de dimanche à lundi dans la ville, pénétrant jusque dans les habitations. Une fine couche de cendres recouvrait un quartier situé dans la partie nord de San Francisco et les autorités de la ville déconseillaient les activités en plein air lundi.

C'était la deuxième destination touristique, reliant les deux joyaux de la viticulture californienne : la vallée de Sonoma et celle de Napa produisent 90 % de la production viticole américaine. À flanc de colline, des vignes à perte de vue, aux cépages à consonance Française : Chardonnay, Merlot, Cabernet, Pinot noir et gris, sauvignon et Zinfandel aux origines Croates. Aujourd'hui, de chaque côté de la chaussée, les mêmes scènes de désolation : une terre noircie par le feu, des bâtiments réduits en cendres, des volutes de fumée qui s'échappent des foyers encore actifs. Dans le ciel, les hélicoptères et avions bombardiers d'eau s'activent encore. Au sol, des curieux prennent en photo les zones les plus touchées.

Toujours aux États Unis, sur la côte est cette fois-ci, après quelques jours de calme, les dépressions tropicales se forment dans la mer des Caraïbes. La tempête Nate se transforme en ouragan, suivi quelques jours plus tard d'Ophelia qui conclut une saison très agitée.

L'énergie cumulative des cyclones tropicaux pour la saison 2017 au 30 novembre – en anglais (Accumulated cyclone energy ou ACE) – est la quantité d'énergie globale d'un ou de plusieurs cyclones estimée à partir de la vitesse maximale des vents pour chaque période de six heures. Selon sa définition, elle n'est calculée qu'à partir du moment où le système atteint le niveau de tempête tropicale et ne tient donc pas compte des dépressions tropicales plus faibles et souvent de courte durée de vie. À chaque ouragan est donc attribué un montant. Pour 2017, certains montants sont les plus élevés enregistrés pour une saison des ouragans dans l'Atlantique et le plus grand total depuis la saison 2005.

Cet automne, à la ferme des Cinquante Arpents, la vie s'écoulait, tranquillement. L'accrochage de Martin avec Prudence n'avait pas fait de vague, l'incident était clos, personne ne l'avait évoqué. Pourtant, il me semblait que quelque chose ne tournait pas rond, mais je n'arrivais pas à le deviner. Quoique de dimension totalement opposée, nos deux exploitations unissent leurs forces lors des grands travaux de printemps et d'automne. Un jour, c'est Gislain qui évoqua discrètement le mal-être familial.

Depuis plusieurs années, Gislain s'était mis en couple avec Lucie. Une petite Fanette âgée d'un an, faisait le bonheur de ces jeunes parents. Dans l'ordre établi prévu de longue date, à la retraite de Cécile, il s'installerait à sa place. Nous y étions. L'installation était prévue au début de l'année prochaine. Pourtant, un jour, il m'avoua qu'il n'était pas pressé. Le décès précoce d'Armand – il avait passé de longues journées sur le siège passager du tracteur de tête en sa compagnie –, et celui d'Odette, sa mamie chérie, l'avaient beaucoup traumatisé et avaient changé la donne. Il remettait sérieusement en doute la manière de produire que perpétuait Martin, dans le droit sillage de son père Edmond. De plus, le départ de Nadège l'ex-compagne de Martin l'avait aussi marqué. Il tenait trop à sa famille pour la mettre en danger. Devant les résultats économiques décevants, il me confirma que les résultats économiques étaient catastrophiques, comme pour la production laitière, les animaux se vendent le même prix qu'il y a trente ans, la banque rechignait à financer son installation, sauf si le couple Edmond et Cécile se porte caution sur l'ensemble des emprunts contractés par Gislain. Et lui ne s'installerait que si Martin acceptait de changer radicalement de stratégie d'entreprise, à savoir produire moins, mais gagner plus sur chaque unité vendue, avec un projet de vente directe. L'heure n'était plus à l'agrandissement, il ne préempterait plus la ferme des « Grands Bois ». À ce stade, il n'est pas sûr qu'Edmond le financeur, qui depuis 40 ans travaillait dans cette stratégie accepte ce changement. Il avait prévenu ses parents :

– C'est à prendre ou à laisser, sinon, je me barre !

Prudence et Romain étaient rentrés depuis un mois. Dans les fermes de la région, ils occupaient un travail de saisonnier au centre de service de remplacement. Prudence passait régulièrement nous voir, elle avait repris sa fabrication artisanale et clandestine de fromage. Clandestine peut-être, mais aucun consommateur n'avait jamais été malade ! Au contraire, maintenant, elle maitrisait de mieux en mieux leur fabrication, crémeux, avec un petit goût de noisette ou d'arômes fruités selon l'alimentation d'herbe fraîche ou de foin. Durant toutes ces années, elle s'était informée sur l'agroforesterie, méthode de production agricole qui consiste à faire pousser des cultures à l'ombre des arbres, probablement le seul système à grande échelle pour faire baisser naturellement de quelques degrés la température ambiante et déjà mis en pratique à grande échelle en Afrique centrale, moyen moderne de lutter contre l'érosion des sols et la famine. Mais surtout, le couple avait laissé là-bas des amis, en l'occurrence Peter et Mary Kingboy et se tenait toujours informé de ce qu'il se passait sur la côte Pacifique.

Alors que la saison des incendies se termine généralement en octobre, en décembre, au nord de Los Angeles, un nouvel incendie baptisé « Thomas » se déclare le lundi 4. Depuis, attisés par des vents violents dignes d'un ouragan de catégorie 1, de nouveaux foyers se sont déclarés à San Diego et à Santa Barbara.

Dans le comté de San Diego, à environ une heure et demie au sud de Los Angeles, deux incendies cernaient la ville de Murrieta : au sud, le foyer « Lilac » débuté jeudi a consumé plus de 1.600 hectares en moins de 24 heures et transformé les nombreuses écuries de la région en cimetières pour au moins une trentaine de pur-sang pris au piège. Le feu « grandit à une vitesse d'expansion dangereuse ». Au nord, l'incendie « Liberty » a brûlé 120 hectares de végétation.

Les flammes ont transformé cette région rurale enfoncée dans les terres du désert californien en paysage de désolation, avec une végétation calcinée et parsemée de taches rouges laissées par les produits retardant largués par les pompiers.

La situation dans le sud de l'État reste « extrêmement dangereuse » avec un sol sec et des températures anormalement élevées, a prévenu Calfire, l'agence de lutte contre les incendies.

Le brasier « Thomas » a détruit depuis lundi plus de 53.000 hectares et 5 jours plus tard n'était contenu qu'à 10 %. Les services météo ont étendu leur alerte rouge sur le week-end. Samedi 9, ces gigantesques incendies qui ravagent la région de Los Angeles restent hors de contrôle tandis que 700 bâtiments sont détruits, y compris des demeures valant des millions de dollars, 212.000 habitants sont évacués.

La Californie connaît sa pire et la plus coûteuse saison de feux de forêt (9,1 millions d'acres brûlés de janvier à novembre + 71 % par rapport à 2016), notamment en raison d'une saison pluvieuse très forte qui a fourni tout le carburant nécessaire, herbes sèches, ronces. Le 13 décembre, le feu « Thomas » n'est circonscrit qu'à 20 %, le 18 à 45 % et le 23 à 65 %. Il faut attendre le 28 du mois pour voir le niveau monter à 90 %.

Depuis 1932, date à laquelle l'État de l'Ouest américain a commencé à compiler des données sur les feux, l'incendie « Thomas » est le plus dévastateur jamais enregistré en Californie.

Cette fin d'année reste aussi mémorable au pays de l'Oncle Sam. En effet, une vague de froid intense digne d'un mois de février, avec des températures négatives de l'ordre de – 20 –30, s'est abattue dans le Middle West et l'est des États Unis, ce qui permet à M. Trump d'ironiser sur ce bon vieux réchauffement climatique et de conseiller à ses compatriotes de bien se couvrir !

L'incendie « Thomas » ne sera maîtrisé que les premiers jours de l'année 2018.

Lundi et mardi 8-9 janvier 2018, des orages particulièrement violents ont apporté de fortes précipitations. Le comté de Ventura au nord-ouest de Los Angeles a reçu la plus grosse quantité de pluie avec 130 millimètres cumulés en quelques heures depuis 10 mois ! Situé à 133 km au nord-ouest de Los Angeles (Californie), Montecito, le repaire des célébrités a été touché ce mardi 9 janvier 2018 par des coulées de boue qui ont provoqué la mort de 13 personnes. Aidés de chiens, dans la boue à hauteur de la taille et dans les décombres, les pompiers du comté de Santa Barbara ont mené d'importantes opérations de secours pour trouver de possibles survivants ou des victimes, à un endroit où se trouvaient plusieurs maisons, arrachées à leurs fondations et emportées par des glissements de terrain. Les routes sont devenues impraticables, à l'image de l'autoroute 101 qui longe la côte pacifique, inaccessible sur une cinquantaine de kilomètres.

Cette catastrophe intervient après l'incendie « Thomas ». C'est dans ces zones calcinées, en l'absence de végétation pour absorber l'eau et retenir les sols, que les coulées de boue meurtrières se sont produites. Ce nouvel événement de coulée de boue prend racine dans un autre. Ces risques qui se croisent et qui s'amplifient les uns les autres ont une valeur didactique forte. En effet, sur la planète avec l'augmentation des températures et le dérèglement climatique, les successions d'événements de ce type risquent de se produire plus souvent. Ils imposent des mesures d'adaptation et d'anticipation.

Même si la Californie est en avance sur la question de l'énergie propre, cette catastrophe s'est produite dans l'une des régions les plus riches du Monde. Ce qui fait dire que pays riches, pays pauvres, nous sommes tous concernés, tous vulnérables.

Bien sûr, les pays développés ont une capacité plus importante pour répondre aux catastrophes, investir dans des moyens technologiques ou des projets d'ingénierie, dans des systèmes d'alerte et des plans d'évacuations. Le risque zéro n'existe pas.

Les États-Unis d'Amérique, première puissance mondiale ont bien du mal à maitriser les phénomènes climatiques exceptionnels. Je n'ose imaginer le coût humain si cette avalanche de catastrophes s'était produite dans un pays pauvre !

Pour les urbains que nous sommes devenus, une chose est sûre, ces épisodes inédits restent largement désintéressés. Sécheresse en Australie, moussons en Inde, cyclones et inondations aux Philippines, températures exceptionnelles, coup de chaud ou gel, nous ne voyons la différence ni dans notre travail au quotidien, ni dans la quantité ou le prix de la nourriture et des vêtements disponibles à notre disposition. Allons-nous toujours avoir de la marchandise à bon marché, qui déborde des rayons des supermarchés ? Nul ne s'en inquiète. Alors, pourquoi s'en faire ?

Car plus près de nous, en France, en cette fin d'année, le cours de la matière grasse laitière atteint des niveaux de prix record, alors que le prix du lait payé aux producteurs reste invariablement scotché au plancher. Et dans certaines grandes surfaces, le beurre a disparu des rayons. Des affichettes posées par la direction indiquent que les producteurs refusent de livrer cette denrée. Petits mensonges gratuits des distributeurs ! En vérité, suite à cette année de sécheresse, la production fourragère est plus faible et les producteurs européens et surtout français peinent à produire la quantité de lait nécessaire à la transformation. Mais c'est surtout le fait que la grande distribution refuse catégoriquement de revoir à la hausse le prix de cette matière grasse. Ainsi, les industriels préfèrent valoriser le lait en d'autres denrées, diverses variétés de fromage par exemple.

Ce petit fait divers devrait servir d'avertissement, mais une fois encore, tout le monde s'en fiche un peu. Certes, cette année la production fourragère est faible, mais avec un prix du lait trop bas, qui couvre à peine les frais de production, personne n'a intérêt à compenser le manque de fourrage, par l'achat d'aliments du commerce qui seront financièrement mal valorisés. Mais c'est surtout l'ambiance morose dans les campagnes qui fait que certains producteurs laitiers jettent l'éponge. Les agriculteurs ont perdu l'envie, la hargne qui les habitaient depuis des décennies. Dans toute compétition : sportive ou industrielle, c'est la force du mental qui fait la différence !

Sous nos yeux, trois ans après la fin des quotas laitiers, trois années de crise, le monde agricole est en train de muer une nouvelle fois. Ceux qui imaginaient il y a encore quelques années que les fermes françaises allaient s'agrandir et produire à tout va se sont lourdement trompés. Avec un prix du lait aussi faible, les producteurs de lait qui ont beaucoup investi en écoutant les sirènes des techniciens qui leur promettaient monts et merveilles – nous allons conquérir le marché Chinois, – se retrouvent aujourd'hui avec des coûts de production très élevés, trop élevés. Et il suffit d'un petit rien, un malheureux grain de sable pour que la belle mécanique s'enraye. Surcharge de travail, mésentente ou départ d'un associé d'une grosse structure et l'entreprise stoppe immédiatement la production laitière. La décision peut être très rapide : 15 jours seulement et les vaches rejoignent l'abattoir, alors que par le passé, les producteurs qui avaient en tête l'idée d'arrêter, mettaient une ou plusieurs années à stopper leur outil de travail. La production laitière encore plus que les autres productions animales demande énormément de travail : 2 traites par jour à heure régulière. Avec le peu de rentabilité et devant le montant très élevé des exploitations agricoles en cas de départ à la retraite ou changement de propriétaires, les banques rechignent à financer les reprises ce qui augmente encore le nombre de cessations. Ainsi, de très beaux outils de travail se retrouvent vides ! Dans ce monde capitaliste à outrance, chaque intermédiaire sur la chaine de transformation du produit de base vers un produit transformé, prend son pourcentage de marge, pas forcément justifié, sans se préoccuper de l'amont, la santé financière du producteur. Le gouvernement, incapable d'imposer une loi, et qui de surcroit, surveille comme du lait sur le feu l'indice des prix, est donc lui aussi complice des prix agricoles trop bas. D'après vous, qui a financé les nombreuses acquisitions d'usines et de chaine de magasins à l'étranger si ce n'est pas les producteurs et les consommateurs ? Et c'est là, dans leur comportement de maintenir d'une part des marges parfois abusives, et d'autre part d'une main de fer des prix bas, que les distributeurs les industriels devraient y réfléchir à deux fois. Le peu de rentabilité de nombreuses exploitations limite la capacité d'investissement. Et sans investissement, l'outil de travail vieillit et se retrouve rapidement non performant. Et dans quelques années, la ferme France sera dépassée par de nombreux concurrents. Déjà, avec nos petites structures, liées à notre histoire, notre environnement : nombreuses infrastructures routières, topographie, multitude de propriétaires, nous sommes de moins en moins compétitif par rapport à nos concurrents directs sur les marchés internationaux (États-Unis d'Amérique, Canada, Russie, Australie… aux fermes de milliers d'hectares, nous ne jouons pas dans la même cour : nous sommes des « nains de jardins ». Laissons-leur la production de masse et gardons-nous la production haut de gamme. L'Europe et plus particulièrement la France sont réputées dans le monde pour le sérieux de leurs contrôles sanitaires, leur gastronomie. Et il n'y a pas de bonne cuisine sans de bons produits de base. C'est là que nous avons une carte à jouer. Déjà, des pays asiatiques se réservent la production de masse et achètent en Europe les aliments bébés. N'est-ce pas là un gage de notre sérieux ? La pyramide des âges fait que de nombreuses exploitations vont se retrouver sans successeur dans quelques années. Habitués à voir leurs contemporains profiter de vacances et autres congés, les jeunes agriculteurs ne vont pas trimer comme leurs parents pour un salaire de misère. Eux aussi veulent bénéficier des loisirs, avoir une vie sociale. Et je ne suis pas certain que dans les prochaines décennies, les industriels trouvent suffisamment de matière première à transformer et à vendre.

Charles Duchemin, le propriétaire exploitant de la ferme des « Grands Bois » était passé me voir. Lui aussi avait appris le retour de Prudence et de Romain. Il m'avait demandé ce que j'en pensais. Il faut l'avouer tout de suite, je n'avais pas été avare de compliments. Ce jeune couple était courageux, travailleur avec une tête bien faite et je pense qu'il prendrait bien soin de sa ferme, de ses arbres, de ses haies, puisqu'il l'avait conservé en état depuis ses parents. Je lui donnai quelques fromages de leur fabrication. Et pour conclure notre entretien, je lui fis remarquer que contrairement aux autres prétendants qui ne pensent qu'à s'agrandir de quelques dizaines hectares, eux, avait un vrai projet de vie, et c'était là toute la différence, une différence énorme à mes yeux !

Sur terre depuis sa création, le climat a subi de nombreuses variations : période glaciaire, réchauffement. À chaque fois, ces modifications s'étalent sur des milliers d'années pour évoluer d'une période vers une autre. Mais aujourd'hui, c'est la rapidité de cette transformation qui fait froid dans le dos.

Car depuis la nuit des temps, le climat a accompagné et façonné l'homo sapiens, puisque nous sommes liés à ses variations : résistance au chaud, au froid, à l'humidité, à l'intensité solaire… Il peut influer sur notre moral, notre humeur et fait l'objet de questionnements : quel temps va-t-il faire aujourd'hui, demain, le week-end prochain ? Même les vaillants guerriers celtes avaient peur que le ciel leur tombe sur la tête ! Aujourd'hui, personne ne conteste une variation très récente du climat depuis le développement industriel du monde moderne au XIX siècle.

Plus près de nous, en cinquante ans, depuis les années 1970, il y a une évolution réelle dans le climat.

Des souvenirs d'enfance, j'en ai plein la tête. Dans les années 1970, au mois de septembre, début de l'année scolaire, il y avait encore quelques belles journées d'automne, mais les nuits commençaient à être plus fraîches. Puis venait le temps des vendanges, c'était début octobre, jamais avant, je m'en souviens très bien ! J'accompagnais papa et grand-père à la vigne, et le matin, parfois, une petite gelée blanche recouvrait le feuillage. Il ne faisait pas chaud à cueillir les premières grappes. Au 15 octobre, nous rentions à l'abri tous les animaux de la ferme. Avec les bourrasques de l'automne, le tilleul de ma cour d'école perdait son feuillage. Il en était fini du beau temps, tous les animaux liés à l'été : mouches et autres insectes volants disparaissaient d'un coup.

À la Toussaint, sous un ciel gris, le visage fouetté par un vent froid, nous arpentions les allées du cimetière. Les chrysanthèmes qui ce jour-là fleurissent les tombes gelaient souvent dans les nuits suivantes. Pendant les vacances, je me revois avec papa, à l'abri derrière les épais murs de granit de la grange, regarder les nuages qui courraient dans un ciel d'encre, poussés par les vents orientés ouest-nord-ouest. Nous attendions le moment opportun afin de finir une bonne fois pour toutes, tous les menus travaux à l'extérieur.

Début décembre, au jardin, papa coupait au ras du sol les feuilles puis, avec une bonne couche de paille, protégeait les rhizomes des callas, appelés à tort « Arum blanc d'Éthiopie » comme son nom latin l'indique « Zantedeschia aethiopica qui en vérité est originaire d'Afrique du Sud….. Apporter un joli bouquet d'arum du jardin, c'était le cadeau préféré de maman, lorsque la famille était invitée aux nombreuses fêtes religieuses, baptêmes, communions des neveux et nièces, fêtes qui se déroulaient au printemps. Alors, les arums étaient bichonnés, pas question qu'ils gèlent, raison pour laquelle papa en prenait tellement soin ! Puis la nature s'engourdissait lentement. Et nous, nous attendions l'hiver, tranquillement.

La première quinzaine de janvier n'était généralement pas la période la plus froide. C'est lors de la deuxième quinzaine janvier ainsi que la première quinzaine de février, summum de l'hiver, que les craintes liées au très grand froid étaient à leur maximum avec tous les désagréments que cela entraîne : routes verglacées, eau gelée dans les canalisations, arrêt brutal de l'activité humaine. Venu de Sibérie, le vent orienté à l'est refroidissait sérieusement l'atmosphère. L'hiver, c'est aussi un épais manteau de neige qui absorbe tous les bruits, fige la nature dans une jolie tenue blanche et apporte un calme apaisant. Alors, dans ces périodes hivernales, avec le gel de nuit et le dégel les jours ensoleillés, l'eau en s'écoulant des tuiles des toits sans gouttière, formait des stalactites, qu'enfant, je prenais un malin plaisir à briser avec un bâton. Passé le 15 février, même si le froid était encore bien présent, les jours s'allongent, un rayon de soleil nous ravit, cela fait tellement de bien au moral. Nous savions que le printemps n'allait pas tarder !

En mars et ses traditionnelles frisquettes giboulées, parfois parsemées de grêle, l'hiver tentait un dernier sursaut. Puis avril signait le renouveau de la nature. Le printemps était bel et bien là. La nature explosait de mille vies : dans les arbres qui se couvrent de milliers de feuilles et les buissons, les oiseaux chantent. Les prairies reprennent leur couleur verte, d'où jaillissent une myriade de fleurs.

Chaleur et humidité, avec l'arrivée des premiers orages de l'année, font du mois de mai le summum du printemps. La végétation est vraiment luxuriante.

Puis juin, la chaleur monte d'un ton, sans être accablante. Quoique toujours présente, l'humidité se raréfie un peu. Parfois éclatent quelques orages. C'est le moment de sécher le foin. Dans le ciel, le soleil est au zénith.

Juillet et aout. C'est l'été. Selon les années, des températures plus ou moins variables, parfois très fraîches, parfois chaudes, sans être caniculaires. Les températures dépassent très rarement les 30 degrés sous nos latitudes. Quelques orages apportent un peu de pluie bienfaitrice aux cultures.

Originaire de Mésopotamie, des vallées du Tigre et de l'Euphrate, dans la région du croissant fertile, le blé est avec le riz, l'une des principales céréales consommées par l'homme, et ce depuis l'antiquité. Sa récolte en août, jamais avant, revêt alors d'une importance cruciale : à la maison, la nourriture est sacrée ! Pas question de la gaspiller ! Les battages restent un moment très fort de la communauté agricole où l'entraide entre voisins est de mise. Le dur travail physique dans la poussière et la chaleur fatiguent les organismes, mais la bonne humeur, la convivialité compensent allégrement ses inconvénients. Petites ou grandes exploitations, chacun met un point d'honneur à réussir ses « battages ». Pour les gamins que nous sommes, cette animation ponctuelle à la ferme est un grand bonheur : l'arrivée des jeunes voisins augmente le nombre de partenaires de jeux. C'est aussi un moyen de mesurer sa force physique, porter de lourds sacs de blé et de s'intégrer dans le cercle du voisinage.

À la fin du mois d'août, les jours sont de plus en plus courts. Nous avons déjà perdu 2 heures 30 d'ensoleillement. Quoique douces, les nuits plus longues permettent aux organismes de récupérer des heures chaudes de la journée. Bientôt c'est la fin des vacances, avec la rentrée pour tous. Puis peu à peu, avec mi-septembre qui arrive à grands pas, l'on glisse vers l'automne, avec des températures journalières moins élevées et des nuits plus fraîches.

Aujourd'hui, cinquante ans plus tard, tout cela a bien changé. Soucieux des changements climatiques que les scientifiques dénoncent, maintenant, depuis une vingtaine d'années, à mon échelle, je note les modifications que j'observe.

Au mois de septembre, à la rentrée des classes, il fait encore beau et les nuits sont douces, agréables. Les vendanges se réalisent en septembre voire fin août. Tout l'automne, jusqu'au début décembre, les vents orientés sud-sud-ouest remontent du Sahara. Ils apportent avec eux cette chaleur ce qui favorise la formation d'orages, car maintenant les orages se terminent fin novembre. Finie la fine pluie froide de l'automne qui ruisselait sur le visage, les mains, s'incrustait partout et frigorifiait les organismes mal protégés. Aujourd'hui lorsqu'il pleut, la pluie tombe dru. Lorsque le nuage est passé, un soleil resplendissant lui fait suite, et ce même au début de l'hiver.

Soucieux de profiter du meilleur rendement de l'herbe automnale avant l'arrêt définitif de la pousse pendant l'hiver, chaque année je recule au maximum la dernière coupe. Il y a trente ans, la date fatidique se situait autour du 15 octobre. Jamais je n'osais la dépasser. Puis voyant que les automnes étaient de plus en plus cléments, je me suis mis à grignoter quelques jours, et je suis passé au 1er novembre, puis au 10. Aujourd'hui en 2017, je suis arrivé au 18. Les génisses sont toujours au pâturage, pour encore une quinzaine de jours. Le tilleul de ma cour d'école garde ses feuilles beaucoup plus longtemps. Mon record si je peux dire, début décembre, le 6 plus précisément. Les dernières lépiotes élevées ou coulemelles se ramassent début décembre, encore un détail du dérèglement climatique.

Depuis une quinzaine d'années maintenant, il y a peu de gelées en décembre. Ce temps doux se poursuit parfois sur la première quinzaine de janvier. L'herbe des prairies continue de pousser. Aujourd'hui, il n'est pas rare de voir les jardiniers tondrent leur pelouse dans les derniers jours de décembre. Plus besoin de protéger du froid les « arums ». Les feuilles sont toujours aussi vertes. Dans les bâtiments d'élevage, en petit nombre certes, les insectes sont toujours présents. Cette année, ils sont encore présents la veille de Noël !

Le véritable froid arrive en février et se prolonge plus tard sur le début mars, comme s'il y avait un décalage entre les saisons et les températures. Cette année encore, les « arums » que je n'avais pas protégés n'ont gelé que fin février. Au printemps, chaque matin, il peut y avoir une bonne gelée qui bloque la croissance de la végétation, si elle ne gèle pas les fleurs des arbres fruitiers.

En mars, mois des giboulées, parfois violentes, c'est le début de la saison des orages. Toujours avec le même scénario. La pluie tombe dru, puis le nuage passé, le soleil est vraiment radieux. Je n'arrive pas à me souvenir des dernières giboulées de pluie et de neige mêlées que j'ai connues dans mon enfance. C'était probablement il y a une quinzaine d'années, voire plus.

Avril-mai. Là aussi, durant la journée, les températures peuvent être très élevées, dignes d'un mois de juillet, avec parfois des nuits assez fraîches, ce qui donne une large amplitude des températures. Les orages sont toujours présents et parfois très virulents. Avec les fortes précipitations liées à ces événements, les sols sont compactés, les cultures dévastées, l'eau ruisselle et les villes sont inondées. Une fois de plus, la presse évoque des records de pluie tombée en quelques heures, des records d'impacts de foudre sur une journée, un mois. Les dégâts sont importants en coût financier. Pour la presse, cela ressemble à un jeu d'annoncer ces records de pluie tombée en une heure, une journée, d'impacts de foudre, comme si l'humanité jouait aux jeux Olympiques climatiques. Je pense que ces déluges de pluie influent sur les couvées des oiseaux qui nichent au sol. Depuis plusieurs années, je remarque que les « compagnies » de perdreaux sont aléatoires : soit très nombreuses, soit complètement décimées. Depuis trois ans, leur nombre va en diminuant. À l'automne et en hiver ; le matin au lever du jour et le soir au coucher du soleil, en courant à la queue leu leu, elles venaient se nourrir de grains de maïs, directement dans l'auge des vaches. Depuis 2 ans, je n'en ai vu aucune ! Il en est de même pour l'œdicnème criard que nous appelons plus facilement « courlis de terre ». Facilement reconnaissable à son œil de reptile, son bec jaune et noir et ses pattes jaunes, c'est un oiseau migrateur que j'ai toujours connu depuis l'enfance. Toujours, j'en suis sûr ! Adepte des champs cultivés, je me souviens très bien en avoir vu lorsque j'accompagnais papa aux champs, lors des travaux de labour et de hersage au printemps. C'est même lui qui me les montrait :

– Regarde, les courlis sont de retour !

Le soir et dans la première partie de la nuit, ces « cour-li, cour-li lancinants résonnent dans la campagne environnante. Au même titre que l'hirondelle, il signait le retour du printemps. Jusqu'à récemment, dans les champs dont nous travaillions le sol, il y avait toujours un couple qui se déplaçait au fur et à mesure de l'avancée du tracteur. Depuis deux ans, je n'ai pas vu un seul « courlis ». Ces déluges d'eau pourraient bien noyer les couvées, ce qui semble logique.

Juin-juillet-août. Durant ces trois mois, les températures peuvent être très élevées, voire caniculaires, pendant une période plus longue que celle de mon enfance, avec pour conséquence l'arrêt de la croissance de la végétation et une fatigue des organismes. Les périodes très sèches ou très humides sont plus longues et plus marquées. Souvent, en fin de matinée, le vent se lève et assèche encore plus les sols. La moisson démarre généralement au début de juillet et se termine avant le 15, ce qui était impossible dans mon enfance et surtout signe d'une grande sécheresse. En un demi-siècle, nous avons « gagné » un mois sur le calendrier normal des récoltes.

Les données relevées aux postes météo confirment ce que nous observons chaque année sur le terrain.

En résumé sur la période 1960-2010, la température hivernale a augmenté de + 0.2-0.3 degré par décennie. Les hivers les plus froids étaient tous avant 1963 et les hivers les plus doux depuis 1990.

Depuis 1980, les températures du printemps ont elles aussi augmenté de +0.3 degré. Tous les printemps les plus chauds se retrouvent après l'an 2000.

Sur la même période, depuis les années 80, les températures estivales ont elles aussi augmenté de +0.4 degré par décennie. Les températures automnales augmentent moins rapidement soit +0.2 degré par décennie. Là aussi, on retrouve tous les automnes les plus chauds depuis l'an 2000. Mais le côté le plus sournois du réchauffement climatique est le fait que les périodes très sèches s'allongent discrètement, peut-être guère plus d'un jour, un jour et demi en moyenne par an et personne ne s'en aperçoit. Sauf qu'au bout de 30-40 ans, cela donne un mois voire un mois et demi sans pluie avec des températures élevées et là, la végétation souffre, se dessèche et finit par mourir voire brûler.

Pour l'instant, dans les prairies, le rendement qui varie beaucoup d'une année sur l'autre est probablement équivalent en totalité sur plusieurs années. Nous récoltons à l'automne ce que nous avons perdu durant les mois d'été. Par contre, la flore est modifiée : certaines espèces disparaissent. Pour les cultures d'été, le rendement est beaucoup plus aléatoire. Les baisses peuvent se chiffrer à – 30 voire – 50 %. Avec des températures estivales plus élevées, le cycle végétatif de la culture est plus court, idem que pour la vigne, nous vendangeons en août avec des taux d'alcool supérieurs. Le recours à l'irrigation va devenir obligatoire. Il est quand même dommage de voir l'excès d'eau de l'hiver courir à nos pieds et se gaspiller, alors que cette même eau se fait rare l'été. Avec quelques aménagements, nous pourrions facilement la stocker et l'utiliser à bon escient, sans gaspillage bien évidemment. Le coût des installations et les très lourdes contraintes administratives limitent la construction de réserve. Lorsque l'on raconte aux agriculteurs africains le fait que nous ne stockons pas une partie de notre excédent d'eau hivernale, ceux-ci nous répondent qu'il n'y a bien que « l'homme blanc » pour gaspiller une denrée rare et forcément précieuse sous leurs cieux…

Nous ne sommes qu'au début du réchauffement climatique et aucune mesure votée n'est réellement mise en place à ce jour. Et ce qui est vraiment inquiétant, c'est que personne n'est en mesure de nous dire jusqu'à quel niveau ce réchauffement climatique va évoluer. En cas d'augmentation rapide et élevée du dit réchauffement, des baisses de rendements sont à prévoir ainsi que l'accès à l'eau qui sera plus difficile.

En ce début d'année 2018, c'est une affaire du lait infantile contaminé qui occupe le devant de la scène. L'un des leaders mondiaux de la transformation laitière, le même à qui l'on reprochait il y a quelques années de sous-payer ses producteurs, avec des manifestations monstres devant ces sites de productions, est aujourd'hui accusé d'avoir mis sur le marché des boîtes de lait contaminé par une salmonelle. Et visiblement, le problème dure depuis des mois. Depuis août 2017, 35 bébés ont été hospitalisés, dont 31 avaient consommé du lait de l'usine concernée. Et malgré les divers rappels successifs, la grande distribution continue de vendre des lots de lait incriminés. Impensable pour le consommateur lambda. Des milliers et milliers de boîtes sont retirées du marché.

Cet hiver marque aussi une rupture. En effet, à la ferme, pour la première fois depuis sa mise en service il y a 20 ans déjà, le nouveau puits bienfaiteur qui sert à tous les usages affichait un nouveau particulièrement bas. Il ne reste au fond que 50 malheureux centimètres, alors que la consommation est stable depuis plusieurs années. Nous devons utiliser l'eau du réseau public un jour sur deux. Nous n'allons quand même pas recreuser un puits deux fois plus profond tous les 20 ans ?

Il faut préciser que depuis juin 2016, avec un premier semestre très copieusement arrosé, puis un deuxième semestre 2016 très sec et toute l'année 2017 aussi sèche, nous avions reçu la moitié d'une pluviométrie normale, c'est quand même rageant maintenant d'être toujours à la merci du bon vouloir du ciel.

Pour les urbains que nous sommes devenus en majorité, cette obsession des agriculteurs a scruter le ciel peut paraître obsessionnelle. En plus de gérer une entreprise dans le domaine agricole, avec tous ses aléas financiers que cela induit ; cours des produits vendus et cours des matières premières, nous gérons l'ensoleillement, la pluviométrie, très déficitaire ou excédentaire, l'hydrométrie des sols. Allez donc faire pousser des cultures dans une terre desséchée ? J'ai comme l'impression que personne n'a conscience de ce problème tant que l'eau coule au bout du robinet !

La région Parisienne fait face à des inondations suite aux crues de la Seine et de ses affluents. Là aussi, deuxième crue depuis 18 mois, puisque la précédente date de juin 2016. Les habitants sont de nouveau les pieds dans l'eau. Ras-le-bol général !

En ce début d'année 2018, c'est aussi l'accord de libre-échange avec les pays du Mercosur (Brésil, Argentine Uruguay, Paraguay) qui met une nouvelle fois les agriculteurs dans la rue. Né dans les années 1990, cet accord n'a jamais été finalisé. Aujourd'hui, après le règlement des derniers détails, chaque partie espère une signature avant fin 2018. Avec un marché estimé à 260 millions de consommateurs, cet accord prévoit pour les pays du Mercosur de faciliter les normes d'exportation, de réduire les barrières douanières. Ainsi, l'Europe pourra exporter plus de voiture, de biens manufacturiers, produits chimiques et pharmaceutiques. En contrepartie, cet accord prévoit que l'Europe, déjà excédentaire en production de viande bovine, devra importer de 70 000 TEC voire 100 000 TEC (tonne équivalent carcasse) de viande bovine. Ce qui obligera l'Europe à exporter vers de nouveaux marchés, toujours un peu plus loin, l'équivalent de ce qui rentre chez elle. Une autre raison à cette aberration, c'est que ces accords bilatéraux fragilisent les exploitations françaises, beaucoup plus petites, soumises à une réglementation européenne très pointilleuse, alors que les pays du Mercosur n'ont pas les mêmes contraintes environnementales et sanitaires. L'alimentation et la captation de l'eau sont des enjeux de souveraineté la plus élémentaire, ce que nos concurrents mondiaux ont bien compris, puisqu'ils protègent leur propre production. Où est donc l'intérêt de l'Europe d'affaiblir sa propre souveraineté agricole ?

Alors que le souhait d'une partie de la population, relayé par la presse qui nous « serine » à longueur d'année : de consommer bio où de production locale, sans OGM, ce qui semble logique dans l'intérêt de la planète, quel intérêt avons-nous à consommer des aliments de base produits à l'autre bout du monde, alors que nous avons des produits d'aussi, voire de meilleure qualité déjà en abondance ? Car il est fort probable que ce bœuf Sud-Américain aura été nourri aux cultures OGM, puisque celles-ci sont très majoritaires sur le continent Américain, désherbées aux herbicides que l'Europe tente d'interdire, puisque les deux vont de pair, jamais l'un sans l'autre. Une fois de plus, l'on va trouver une bonne excuse : c'est pour vendre plus de voitures, ce qui dans les faits, n'est pas encore prouvé !

J'imagine que ce kilo de bœuf importé de l'hémisphère sud aura parcouru des centaines voire des milliers de kilomètres entre le lieu de production et le port d'où il va être expédié, avant de parcourir de nouveau, des milliers de milles marins vers l'Europe, avant de se retrouver sur un étal.

Il serait peut-être temps de réfléchir à l'impact écologique de la provenance des produits de base que nous consommons. Quelle est la somme d'énergie nécessaire à chaque produit consommé ? Et en tenir compte lors nos achats !

Car en ce printemps, le 5 mai plus précisément, si l'humanité vivait comme les principales puissances économiques mondiales et Européennes : Royaume Uni et Allemagne notamment, la France aura consommé toutes les ressources naturelles que la planète peut renouveler en un an. Certes, nous sommes derrière le Qatar dont la date se situe en février et les États-Unis d'Amérique en mars. Mais désormais, nous vivons à crédit. Dans le même principe que la société de consommation, nous avons recourt au crédit sur les ressources naturelles, autant dire tout de suite : une autre aberration !

Ne pouvant compter sur les États-Unis d'Amérique de Trump, qui compte bien mettre en pratique ses promesses de campagne, à savoir : lever les restrictions à la production d'énergie fossile, promouvoir la production de gaz de schiste : véritable catastrophe pour l'environnement et relancer le projet d'oléoduc XL, c'est à L'Europe de montrer le chemin vers un commerce mondial plus écologique, respectueux de la planète. Nous n'avons pas d'autres solutions. Ce qui était valable dans les échanges mondiaux, il y a encore quelques décennies, n'est plus souhaitable aujourd'hui. Le réchauffement climatique est trop rapide et personne n'en connait vraiment les conséquences sur l'environnement : Ouragans, inondations, sécheresse, nouvelles pandémies… auxquels s'expose la population mondiale. Tous les moyens doivent être mis en œuvre afin de le limiter, et ce, sans délai.

Car ces +0.2, +0.4 degré par décennie, comme nous l'avons vu tout à l'heure, pour la France, ça n'a l'air de rien, mais à notre échelle, c'est déjà beaucoup aux vues des perturbations que cela entraîne.

Précédant les directives politiques et conscients des changements climatiques qui s'opèrent, de nombreux collègues et concurrents agriculteurs européens et français ont déjà mis en place chez eux, des mesures afin de limiter l'impact du réchauffement climatique, par l'implantation de nouvelles cultures moins gourmandes en eau par exemple. Il est inadmissible que l'on importe des produits alimentaires qui ne respectent pas au moins le minimum de ce que l'on demande aux agriculteurs Européens et qui réduisent leurs efforts à néant, leur sapent le moral, voire les mettent en faillite. Carrément !

Du côté français, nous avons déjà eu droit à un premier cafouillage au sujet du fameux Glyphosate. La guerre des chiffres que se livrent les pro et les anti Glyphosate, au travers d'une multitude d'analyses de toxicité, fait que personne : gouvernant ou simple quidam, n'est en mesure d'avoir son propre avis sur le niveau dangerosité de cette molécule et c'est là tout le problème. Pour les agriculteurs Sud-Américains, 40 ans d'utilisation de ce désherbant ont permis de baisser considérablement la consommation de carburant à l'hectare cultivé, tout en supprimant l'érosion de la couche arable dans les zones de moyenne montagne. De ce fait, ils ne reviendront jamais en arrière. La toxicité du Glyphosate n'est pas leur problème, car leur objectif est de nourrir le Monde à moindre coût. Le nouveau gouvernement avait promis sa suppression sous 3 ans. Faute de méthodes culturales vraiment efficaces et peu onéreuses et sous la pression des lobbies nous revoilà repartis pour cinq ans. Il est bon de signaler que les doses hectare utilisées en Europe sont sans commune mesure à celles utilisées sur le continent Américain, environ 20 % de celles-ci. Les néonicotinoïdes tueurs d'abeilles suivent le même chemin. Trois d'entre-deux sont interdits, mais le problème reste entier si la pression des lobbies est trop importante. Nous ne pourrons pas toujours trouver une excuse lorsque des colonies d'abeilles meurent par milliers. Maintenant c'est l'huile de palme indonésienne qui fait la une des journaux. Quel intérêt avons-nous à importer ce carburant destructeur de la forêt primaire, produit à l'autre bout de la planète, si ce n'est que de satisfaire l'appétit financier d'une multinationale ? Un jour ou l'autre, il faudra bien se mettre autour d'une table et trouver des solutions réalistes. Car du côté de nos dirigeants, j'ai comme l'impression qu'ils s'en fichent un peu ou ne se donnent pas les moyens de limiter tous ces problèmes.

En ce début de printemps, le père François vint me rendre visite. Pendant toutes ces années, avec la politique française, l'Europe avait été son principal sujet de discussion. Avec l'âge, maintenant il avait dépassé les 90 ans, il me parlait surtout de sa petite enfance dans les années 30 juste avant la Seconde Guerre mondiale. De celle-ci, par pudeur ou discrétion, il ne m'en avait jamais parlé. Pourtant je sais que dans notre région de bocage, avec ses chemins creux et ses haies par centaines, certaines familles de la commune ont caché des enfants juifs et d'autres ont recueilli des réfugiés venus du nord de la France ou de Paris. À chaque fois, avec ces déracinés, ces réfugiés, il a fallu partager le peu de choses que ces paysans déjà pauvres avaient, donner de la nourriture et offrir une pièce pour une famille entière. La crise de 1929 avait laissé une population aux abois. Ses parents, de jeunes paysans à l'époque, trimaient dur. Sa mère revenait souvent du marché en pleurs, n'ayant rien vendu de ses œufs, de son beurre, les clients étant trop pauvres. Les quelques vaches achetées au prix fort avant la crise lors de leur installation ne valaient que le prix d'un jeune veau quelques années plus tard. Alors son père louait ses bras à la journée lorsqu'il trouvait un peu de travail. S'il avait toujours voté à droite, la montée de l'extrême droite l'agaçait. Ses pensées de catholique pratiquant forgées par des années de catéchisme ne supportaient pas le mal fait à autrui. L'homme se devait d'être bon et tolérant. Dans sa période de jeune paysan, me racontait-il, chaque hiver, lors de la période de Noël, une famille de gens du voyage revenait inlassablement s'installer près du « bois des amourettes ». Le père François offrait quelques bottes de foin pour nourrir le cheval. De son côté Odette n'était pas en reste ; des choux, rutabagas, des pommes de terre, une poule agrémentait le repas familial, en échange de quelques chaises rempaillées et autres broderies qu'elle choisissait. Il voyait dans l'époque actuelle, avec une frange de la population en difficulté financière, une similitude, comme si l'histoire se répétait inlassablement. Aujourd'hui, c'est l'Italie, l'un des membres fondateurs qui l'inquiète.

Après trois mois d'incertitude, en Europe en cette fin mai, l'Italie se dote d'un gouvernement plutôt très à droite. Arrivées quasiment à égalité en nombre de voix au mois de mars, les deux formations : M5S le parti antisystème de Luigi di Maio et la ligue : parti d'extrême droite, de Mattéo Salvini vont diriger le pays. Les deux vices Premiers ministres entendent à la fois lutter contre l'immigration massive et la rigueur budgétaire de l'Union Européenne. Dans leur programme électoral, les deux formations remettaient en question l'euro. Aujourd'hui, il n'en est plus question. Les autres membres de l'Union Européenne respirent. Les marchés financiers sont soulagés. La première décision marquante de cette nouvelle équipe au pouvoir est sans conteste l'interdiction d'accostage du bateau d'une ONG : SOS Méditerranée « l'Aquarius » avec à son bord plus de 630 migrants. Bateau qui quelques jours plus tard sera accueilli dans un port espagnol.

En ce début juin, de l'autre côté de l'Atlantique, avant les prochaines élections à mi-mandat au mois de novembre, Donald Trump met à exécution deux promesses de campagne. La première concerne l'immigration clandestine avec la mesure « tolérance zéro » votée en mai. Afin de réduire l'entrée illégale de migrants venus de l'Amérique centrale fuyant la guerre et la misère, dorénavant, les parents qui prennent le risque de franchir illégalement la frontière seront séparés de leurs enfants. 2 300 d'enfants se retrouvent ainsi placés dans des orphelinats. Des images de jeunes enfants en pleurs devant un juge dont ils ne parlent pas la langue fleurissent dans les médias. Devant le tollé provoqué par cette mesure, en effet, de nombreux parlementaires démocrates et républicains réprouvent cette image d'une Amérique qui inflige des souffrances inutiles à des enfants en bas âge, Donald Trump renonce à cette loi.

Afin de rendre toute sa grandeur à l'Amérique et de créer de nombreux emplois, Donald Trump encore une fois, se lance dans une guerre commerciale avec ses principaux partenaires commerciaux, à savoir la Chine, le Japon et L'Europe. Des taxes sur l'acier et l'aluminium, ainsi que sur les voitures importées sont mises en place. Cette mesure fait autant réagir les entreprises américaines qui fabriquent des voitures avec de l'acier importé et subissent une hausse de leur coût de production que la concurrence européenne notamment, dont de nombreux emplois sont menacés. Avec la Chine, la guerre commerciale s'intensifie.

De notre côté, en ces premiers jours de juin, le père François passa une nouvelle fois à la maison. Après les remarques habituelles sur l'état des cultures, il me posa une question :

– C'est quoi un réfugié climatique ?

Il avait probablement entendu cette expression à la télévision lors de son émission politique journalière. Alors, je tentai de lui expliquer :

– Ce sont des personnes qui vivent en grande majorité près de la mer, le long d'un fleuve ou d'un lac. Avec le changement des températures observé, le niveau de la mer augmente et envahit leur espace de vie. Leur maison se retrouve les pieds dans l'eau. Ils doivent déménager plus loin où pire quitter leur île. Il y a aussi ceux dont le lac nourricier s'assèche.

Comme pour Prudence, je l'informe que notre litige va être jugé. Et le père François d'ajouter :

– Ce n'est pas encore fini cette histoire ?

Pour nous, c'est la première fois que nous avons affaire à la justice et nous sommes assez impressionnés d'entrer au palais de justice. Après les passages sous les portiques de sécurité, un agent nous guide vers la salle du tribunal où sera examinée notre affaire. Assis sur des bancs en bois, avec Jeanne, nous sommes surpris d'être les seuls étrangers d'un système visiblement bien rodé. Personne d'autre en tenue de civil si je peux dire. La partie adverse est absente. Nous venons d'apprendre que leur conseil a déposé leur dossier quelques jours auparavant. Nous aurions tant voulu les regarder dans le blanc des yeux ! Les avocats dans leur robe de travail vont et viennent, un dossier sous le bras. Une secrétaire, une lourde pile de chemises en carton sous le bras, accompagne la greffière et le juge qui s'installent à leur pupitre. Le silence se fait. La secrétaire énumère les dossiers du jour. Des avocats s'avancent, parlementent, les chemises en carton changent de main et les conseils repartent dossier sous le bras. Leurs affaires sont ajournées et renvoyées à plus tard. Restent les litiges traités aujourd'hui. Les avocats concernés s'avancent dans le parloir, se rapprochent du juge comme s'ils avaient un secret à lui confier, argumentent leur version des faits, chacun leur tour. Le juge écoute, prend quelques notes. J'ai l'impression de voir deux gamins, devant l'un des parents qui tentent de se défendre d'une erreur de jeunesse en racontant chacun leur version. Voici notre tour. La partie adverse est toujours absente, de plus, elle n'a jamais répondu aux dernières questions que nous lui avons posées. Notre avocate sera donc seule. Elle présente rapidement notre histoire : les deux parties en conflit assurées à la même compagnie d'assurance. Le juge soulève un sourcil. Si nous sommes là, c'est que les deux tentatives de conciliation n'ont pas abouti. Elle cite divers éléments : la surpression du silo, la communication téléphonique… la petite clôture. Puisque dans la salle, nous sommes les seuls « étrangers », j'ai l'impression que le juge nous a remarqués. L'affaire, notre affaire est mise en délibérée : verdict à mi-septembre. Un petit quart d'heure guère plus. Notre avenir se joue dans les trois mois. Il ne nous reste plus qu'à attendre, une nouvelle fois.

Si le père François s'inquiétait pour l'Europe, de mon côté, je m'inquiète pour le climat et m'informe de ce qui se passe de l'autre côté de l'Atlantique.

En ce début juillet, aux États-Unis d'Amérique, une soixantaine de feux s'étendent dans le sud : Floride et Texas, dans l'ouest :

Nevada, Nouveau-Mexique, Californie, Colorado, pour finir en Alaska où 20 incendies se sont déclarés. Les températures s'élevaient par endroit bien au-dessus de 40 °C. Déjà plus de 333 000 hectares sont consumés.

Avec des conditions extrêmement sèches, c'est en Californie que les feux démarrent et se propagent rapidement. Démarré en fin juin, en Californie, le feu « Country fire » dans le comté de Yolo à l'ouest de Sacramento démarre la saison des incendies. Au 3 juillet, il s'étend sur 28 300 ha et n'est maitrisé qu'à 5 %. 2100 pompiers, 187 camions et 18 hélicoptères luttent inlassablement.

Le vendredi 13, nouveau départ de feu, dit de « Ferguson ». Le mardi 17, il n'est maîtrisé qu'à 5 %. Le 18, il a déjà consumé 5000 ha et désormais, il menace le parc Yosemite au nord de la Californie

Le 23 juillet, départ de l'incendie Carr, au nord de la ville de Redding. Le 28 juillet, il a déjà ravagé 32 700 ha. Six personnes sont décédées. Il n'est maitrisé qu'à 5 %.

Démarrés le 27 juillet, le 7 août les feux « Ranch fire et River Fire » se rejoignent. Ils forment désormais le feu Mendocino Complex et n'est maîtrisé à 30 %. 114 850 ha sont déjà dévorés, soit une superficie presque équivalente à la ville de Los Angeles, et déjà plus que les 114 078 ha détruits par l'incendie « Thomas » de décembre 2017.

À ce jour, l'incendie « Carr » a tué sept personnes et détruit 1600 bâtiments. Des tourbillons forment des tornades de flammes qui s'élèvent dans le ciel et propagent le feu 1ou 2 kilomètres plus loin, ce qui rend sa maîtrise encore plus difficile

En Europe : la Grèce fait face à un énorme incendie près de la station balnéaire de Mati, à 40 kilomètres à l'est d'Athènes. Au 27 juillet, après une semaine de lutte inlassable, le bilan est de 82 morts dans ce qui reste l'incendie le plus mortel de son histoire récente. Au tout début août, le Portugal subit lui aussi des incendies dans la région de l'Algarve, près de la ville de Monchique, gros bourg de 6000 habitants à 160 kilomètres au sud de Lisbonne. En quelques jours 21 000 hectares sont consumés malgré les 1400 pompiers et militaires qui luttent contre le feu. Tous ont en mémoire les deux gigantesques incendies en juin et octobre qui firent près de 100 victimes.

La France et l'Europe de l'Ouest font face à une canicule. Avec 2° de plus que la moyenne, l'été 2018 se révèle être le deuxième été le plus chaud en France, néanmoins assez loin derrière le record de 2003. C'est le nord de l'Europe : Allemagne, Belgique, Pays- Bas, Finlande et surtout Suède qui souffrent particulièrement de la chaleur, ce qui est encore plus inquiétant. Suite à une sécheresse persistante : il n'a pas plu depuis le mois de mai, des températures record relevées à 30-35° plus au nord que le cercle polaire arctique, des feux de forêt particulièrement violents et surtout inhabituels ravagent ces régions. À ce jour, 20 000 hectares de forêts sont déjà partis en fumée. Sous-équipée, car peu habituée à la lutte contre des incendies de cette ampleur, la Suède a sollicité l'aide de ses voisins en activant le Mécanisme européen de protection civile, fondé en 2011. Plusieurs pays ont répondu à l'appel : Italie, France Allemagne, Lituanie, Danemark, Portugal, Pologne et Autriche par le déploiement d'équipes spécialisées et d'experts envoyés sur place.

Face au manque de fourrage, les éleveurs suédois ont abattu une partie de leur cheptel. Encore plus au nord, ce sont les Samis désignés aussi sous le nom de Lapons, indigènes locaux éleveurs de rennes qui sont les premiers témoins et victimes du réchauffement climatique. Certes, les étés plus chauds favorisent la pousse du lichen, base de l'alimentation des rennes. Mais les hivers plus doux et humides entraînent des chutes de pluie qui remplacent ainsi la neige. À mesure que la température descend, une solide croûte de glace imperméable et solide se forme alors en lieu et place de la neige habituelle. Alors, les rennes se retrouvent dans l'incapacité de renifler leur nourriture, de creuser pour l'atteindre et meurent de faim.

Pour la Chine, première usine mondiale, le transport maritime représente le principal moyen de livraison de ses exportations. La corne de l'Afrique de l'Est, puis le passage du canal de Suez était jusqu'à présent le principal chemin pour rejoindre l'Europe en 48 jours. Le 13 août, pour la première fois, un cargo marchand chinois relie l'Asie à l'Europe par l'Arctique, en trente-trois jours en empruntant le passage du Nord-Est. S'il gagne ainsi une bonne dizaine de jours, c'est que les glaces du pôle Nord ont suffisamment fondu pour libérer un passage.

Selon la température de l'eau à sa surface : plus ou moins élevée, les courants marins, le phénomène « El Nino », divers organismes météorologiques américains, canadiens et européens estiment le nombre potentiel de tempêtes dans l'Atlantique Nord. Pour la saison 2018, leurs estimations penchent vers une activité normale. Leurs prévisions vont se révéler exactes. Toutefois, deux ouragans : Florence qui sévit du 31 août au 19 septembre provoqua des dégâts considérables dans les États du Sud-Est, à savoir la Caroline du Nord, la Caroline du Sud et le Maryland. Son déplacement lent à l'intérieur des terres engendra des pluies torrentielles, provoquant d'importants dégâts : les routes, plusieurs villes ou villages et les terres agricoles se retrouvèrent sous les eaux. Il en est de même pour l'ouragan Michael qui se développa du 6 au 15 octobre. Il déferla sur l'Amérique centrale : Honduras, Nicaragua et Cuba avant de remonter vers le sud des États-Unis : Floride, Géorgie, les états de Caroline et la Virginie, puis de dirigea au sud des provinces Sud du Canada : Nouvelle-Écosse et Terre-Neuve avant de faiblir dans l'Atlantique nord et de rejoindre l'Espagne et de se dissiper dans la Méditerranée. Là aussi, il provoqua d'importants dégâts.

En ce samedi 17 novembre au milieu de l'automne :

– Les vents orientés sud, c'est complètement dingue à cette saison ! m'avaient permis d'entendre, de très loin, la musicalité joyeuse et entraînante du pot d'échappement de la 125.

J'avais le sentiment qu'une bonne nouvelle s'annonçait. Lorsque Prudence ôta son casque, un sourire radieux illuminait son visage, dans ses mirettes scintillaient des milliers d'étoiles, un vrai final de feux d'artifice. Je l'invitai à prendre un café. Elle jacassait comme une pie, riait aux éclats.s. Un peu du grand n'importe quoi, mais d'instinct, je savais que la situation était sérieuse, je la connais trop bien, la miss !

Nous entrâmes dans la maison, Jeanne vint nous rejoindre, Prudence piaffait d'impatience, et ne résista pas 5 minutes avant de nous annoncer que pour la ferme des « Grands Bois », c'était OK. Charles Duchemin les avait contactés et se proposait de leur louer l'ensemble de la ferme avec une promesse de vente des bâtiments d'habitation et d'exploitation dans quelques années. Elle se lança dans l'explication de son projet de vie, de la fabrication des fromages, de la clientèle à choyer… Son bébé, la marque « Les délices de Prudence » était né.

L'on frappe à la porte, j'ouvre et le père François entre lui aussi, il terminait son tour de plaine avant l'hiver. Je l'invitai lui aussi à s'asseoir et à prendre un café. Pour la première fois depuis le décès d'Armand, je trouvai un homme triste, désarmé. Il faut dire que l'été et l'automne avait été particulièrement mouvementés.

En cette fin août, plus précisément à Chemnitz, ville de Saxe région d'Allemagne, suite à une « chasse à l'homme », plusieurs milliers de personnes proches de l'extrême droite manifestent.

À la mi-septembre, c'est le parti démocrate de Suède, lui aussi proche de l'extrême droite qui, avec 18 % des voix aux élections législatives, se fait une place au parlement. Dans 11 pays européens, l'extrême droite totalise au minimum 9 à 10 % des votes, pour cumuler à plus de 20 % dans 4 pays : Autriche, Italie, Danemark, Hongrie. Sa montée est inexorable.

Et le père François de poursuivre :

– Les royaumes du nord de l'Europe, modèle social pour de nombreuses régions du Monde, flirtent peu à peu avec l'extrême droite. Le plus triste, c'est que le pire est peut-être à venir…

Le 14 octobre, ce sont les élections régionales en Bavière : 180 députés y seront élus. Les partis traditionnels le CSU et le SPD perdent des voix. Les verts : Grünen poursuivent leur progression. Pour la première fois, AFD, parti d'extrême droite fait son entrée au Landtag.

En cette fin octobre, de l'autre côté de l'Atlantique, en Amérique du Sud cette fois, Jair Bolsonaro, surnommé le « Trump Tropical » devient président. Au Mexique, une « caravane » de milliers de migrants venue du Honduras, fuyant la guerre et la pauvreté, entament une marche vers les USA. Trump a doublé le mur d'une clôture de barbelés et déployé l'armée le long de la frontière avec le Mexique.

Le père François explose de colère, quelques larmes coulent sur sa joue :

– Tous ces migrants, ces réfugiés… Ça nous mène où ? Hein, tu peux me le dire ? Comme si la souffrance endurée pendant les périodes de guerre n'avait pas servi de leçon !

Il ajouta :

– Avec tout ce qui se passe comme injustice sociale, je comprends le vote des extrêmes, c'est la faute des politiques, mais put… qu'est-ce qu'ils ont fait depuis quarante ans, si ce n'est prendre les électeurs pour des imbéciles… et encore je mesure mes mots.

D'un revers de la manche, il s'essuya la joue. :

– Et votre affaire, vous en êtes où ?

Je lui expliquai :

– Au 15 septembre, nous avions reçu le jugement. Dans sa globalité, le juge retranscrit assez bien les faits et procédures et prétentions des parties. La société demanderesse, à savoir nous-mêmes considère que le contrat de prestation de service qu'elle a conclu comporte une obligation de résultat concernant la fabrication du silo boudin. En l'occurrence, il était prévu que les boudins devaient être hermétiques, ce qui n'est pas le cas. Quelques paragraphes plus loin, le juge reprend les notes de l'expert judiciaire à savoir : que le silo présente dès la fin du chantier des déchirures ponctuelles et un étirement important (aspect translucide) côté droit… que le silo a débuté sur la raie de charrue qui était bien visible.

L'entrepreneur aurait dû être attentif à cet élément et aurait dû conseiller à M. X de décaler le silo afin de ne pas être gêné par la raie de charrue, nous voici désignés maître d'œuvre…

Quelques lignes plus loin, il note que ces désordres mineurs auraient pu être évités par une plus grande attention du conducteur de la machine. L'examen des relevés téléphoniques montre que le conducteur a été au téléphone au moment… Ces désordres n'ont pas de lien direct avec la divagation des animaux. L'expert en tire la conclusion que le préjudice subi a été causé par la divagation des bovins qui n'ont pas été contenus par la clôture électrique et n'a pas de lien direct avec les défectuosités de la réalisation du boudin de triticale.

Le juge conteste la notice d'utilisation du fabricant : **qui indique sans doute de manière erronée qu'il faut protéger**

l'ouvrage des animaux domestiques et sauvages en plaçant à cette fin une petite clôture autour... Nous voici donc déboutés de nos demandes indemnitaires. C'est bien les conclusions erronées de l'expert judiciaire qui incite le juge à prendre une telle décision. Nous voilà condamnés à faire appel à cette décision, c'est reparti pour une nouvelle bataille, avec tout ce qui s'en suit, frais d'avocat, nouveaux arguments à défendre...

Pendant cette même période, la présidente de la toute puissante FNSEA demande aux chasseurs de prendre leurs responsabilités face aux dégâts toujours de plus en plus importants liés aux animaux sauvages, notamment les sangliers. L'assurance agricole trouvant la facture de plus en plus élevée.

Le père François reprit la parole :

– Put... mais ce n'est pas possible ! C'est une mise à mort ! Moment de silence. Et toi Prudence, qu'est-ce que tu deviens ?

En soulevant ses sourcils, Prudence m'interrogea du regard, comme si elle me demandait mon avis avant de répondre. D'un mouvement des paupières de haut vers le bas, j'acquiesçai. :

– Bon... ben... avec Romain, on va reprendre la ferme des « Grands Bois ».

Il la félicita chaudement, il était content pour eux.

Au fond de la pièce sur le meuble bas, la télévision allumée sur une chaine d'information diffuse en boucle les images saisissantes en provenance de Californie, du feu dit de « Camp fire », qui de nouveau, bat tous les records en termes de destruction dans l'ère moderne avec 88 civils tués, 18 804 bâtiments détruits dont la ville de Paradise, 26 000 habitants, rayée de la carte. Ces images de maisons, de magasins, d'écoles, d'hôpitaux ravagés par le feu restent très impressionnantes. Au même moment, suite à une pétition lancée en mai sur le web, des personnes manifestent autour d'un rond-point, d'une grande artère parisienne contre l'augmentation de la taxe intérieure de consommation sur les produits énergétiques (TICPE). C'est le déclic des revendications contre toutes les injustices sociales et autres réclamations qui apparaissent ainsi au grand jour. Elles sont vêtues d'un Gilet Jaune.

En 2018, les dix plus grosses catastrophes naturelles auraient coûté près de 84 milliards d'euros. Les incendies de forêt en Californie pour une somme évaluée entre 7.7 à 11 milliards et les ouragans Florence et Michael qui ont ravagé les États-Unis/Caraïbes et l'Amérique centrale pour un coût de 28.2 milliards de dollars. Au cours des vingt dernières années, on estime que ce coût a été multiplié par deux fois et demi.

Remerciements.

Je voudrais adresser mes plus sincères remerciements à tous ceux qui nous ont apporté leur soutien indéfectible durant cette épreuve et plus particulièrement en tant que technicienne :Virginie Berthelot, le cabinet vétérinaire Marie Curie à Saint Macaire en Mauges (Sèvre Moine) avec les docteurs vétérinaires Thomas Monville pendant l'accident, Étienne Leiseing durant les expertises, les autres vétos après l'accident, le GDS du Maine et Loire, le personnel du contrôle laitier et certains collègues agriculteurs et retraités agricoles qui cinq ans après se soucient toujours de nous… M. Laroche directeur du centre de gestion Ouest Conseil, M. Varambier: président fondateur du SAMU social agricole du Rhône, M. Pascal Guinaudeau, M. Jacques Jeffredo. Pour les documents techniques concernant la qualité de la bâche : M. Guillaume Tailhades de la société PANAM France Argo-Fün, pour les détails touristiques : Maxime. Pour les renseignements médicaux, un grand merci à Mme Floc'h médecin généraliste.

Pour les conseils en écriture M. Yves Suaudeau, les membres d'Encres Vives, les corrections des membres d'écrituriales, sans qui ce livre n'aurait peut-être pas vu le jour.

Pour écrire ce roman, j'ai lu beaucoup de quotidiens papiers, revues professionnelles, pages Wikipédia et blogs sur internet où j'ai puisé des informations dans les articles mis à disposition. À ce titre, je citerai : La France Agricole, le quotidien Ouest- France, la revue Entraid, le blog de Ottolilienthal… les sites sur la Californie et les ouragans en Atlantique Nord, le site de Météo France.

Auteur

Écrire, pour transcrire, avertir, raconter, informer, partager,
... bref : pour dire !
Écrire un livre est une belle aventure.
Cela demande de la créativité, de l'imagination, du travail,
de la persévérance, et bien d'autres qualités.
Une fois l'œuvre achevée, la satisfaction est grande, pourtant ce que l'on vient de réaliser n'est qu'une étape. Lorsque le manuscrit est là, il est légitime de vouloir le faire éditer pour le faire connaître.
C'est la tâche de l'éditeur.

Éditeur

Éditer, pour que l'œuvre puisse exister, être partagée !
Grands éditeurs ou petites structures à compte d'éditeur ou à compte d'auteur, auto éditeurs.
L'offre est large, mais pas toujours transparente.
Engagements personnels et financiers sont demandés à l'auteur pour réaliser son livre puis le faire connaître !
Nous sommes quelques-uns de ceux-là et nous avons choisi une voie un peu différente en créant :

écrituriales

Association des Auteurs Éditeurs Réunis.

C'est une structure d'édition sous forme associative, loi 1901.
Elle a pour objectif de créer une synergie, une entraide,
le partage de moyens et d'outils,
entre les différents auteurs qui la constituent.

Lecteur

Lire, pour découvrir, approfondir, se divertir,... Bref pour le plaisir !
Sans lecteurs, écrire, éditer n'aurait pas de sens.
Auteurs, Éditeurs, Lecteurs, n'existons que les uns par les autres.
Amis lecteurs, au plaisir de vous rencontrer dans les Salons du livre, chez les libraires, sur nos Sites Internet, ou par courriel.

Nous écrire : contact.ecrituriales@gmail.com
Site Internet : http://ecrituriales.com
Contact auteur : j-a.charbonneau@live.fr

Achevé d'imprimer en avril 2019
Par SoBook

Dépôt Légal : Avril 2019

Achevé d'imprimer chez Sobook le 18-04-2019

LINSELLES - FRANCE

N° impression : 556 582